光文社文庫

動物警察24時

新堂冬樹

KOBUNSHA

光　文　社

目次

第一章　目黒公園愛犬連続ペンキ弾事件

1

「朝顔《あさがお》公園」の出入り口付近の路肩に停《と》まる白のバン——ドライバーズシートに座る璃々《りり》は、フロントウインドウ越しに園内の遊具にリードで繋《つな》がれた黒パグを注視していた。

黒パグは大きく舌を出し、荒い息を吐《は》いていた。

夕方だが、気温は三十度を超えていた。

パグはただでさえ口吻《こうふん》が短いので、呼吸困難になりやすい。その上に黒い被毛なので、地面に吸収された熱の照り返しで体力を消耗《しょうもう》しているに違いない。

「不審者は見当たらない？　どうぞ」

璃々は、左腕に嵌《は》めた秘話機能がある腕時計型通信機に口を近づけた。

『ベンチで寝ているホームレスと別のベンチでスマホのゲームに夢中になっているサラリー

マンふうの人だけですよ。本当に、犯人は現れるんですか？　暑くて熱中症になりそうだし、藪蚊《やぶか》に足を刺されまくって大変ですよ。だいたい、ボーイスカウトじゃあるまいし、どうしてウチの制服は短パンなんですか？　普通の警察だって短パンなんて穿《は》かないでしょ？　どうぞ』

約三十メートル先——園内の自動販売機の物陰から五メートルほど離れた黒パグ……アンソニーを見張っている涼太《りょうた》の、情けない泣き言が返ってきた。

涼太は「東京アニマルポリス」……通称「TAP《タップ》」の新人で、璃々より三歳下の二十三歳だ。

「TAP」に志願するくらいなので動物好きで心優しい青年ではあるが、根性がなく文句が多いのが玉に瑕《きず》だ。

アンソニーは「TAP」に所属しているポリスドッグだ。

警察犬が刑事の役に立っているように、ポリスドッグも様々なシチュエーションで璃々達の手助けをしてくれる。

アンソニー以外に「TAP」では、シェパードのロビン、ボーダーコリーのフランクが所属している。

涼太は、「TAP」だとバレないように制服の上に白のサマージャンパーを羽織っていた。

「TAP」の夏の制服は、男子がオリーブカラーのジャケットタイプの半袖シャツに同色の短パン、女子が同じデザインの制服でベージュカラーだった。

男女とも左胸と背中の上部に「TAP」の文字が黄色の糸で刺繍《ししゅう》されているので、張り込みや尾行のときは別の上着を着用することになっていた。

車も今日はバレないように普通のバンに乗っているが、「TAP」のパトロールカーは迷彩カラーのバンを使用している。

現場に向かうときや危篤《きとく》状態の動物を運ぶような一刻を争うときには、警察のパトカーや救急車と同様にサイレンを鳴らしての緊急走行が許されている。

「あんたよりアンソニーのほうが熱中症になっちゃうわよ。とりあえず、犯人に気づかれないように水をあげて。どうぞ」

『あんたよりって……ひどいなぁ。犯人に気づかれないようになんて、無理ですよ。そもそも、犯人がいるかどうかさえわからないんですから。どうぞ』

「野生本能を働かせなさい、野生本能を！　水は公園に水道があるから。どうぞ」

『器がないですけど、どうします？　どうぞ』

「手に溜《た》めてあげればいいでしょ？　そんなことも、いちいち訊《き》かなきゃわからないの？　五歳児だって、そのくらい自分で判断できるわよ。どうぞ」

『はいはい。わかりましたよ。どうぞ』

フロントウインドウ越し──涼太が自動販売機を足で蹴り上げた。

「短気は損気！　壁に耳あり障子に目あり！　『TAP』らしく振る舞いなさいっ。それから返事は一回！　どうぞ」

『二十代とは思えない諺《ことわざ》使いますね。先輩、年齢詐称《さしょう》しているでしょ？』

涼太は一方的に言うと、逃げるように水飲み場に駆けた。

「ちょっと！　涼太……」

璃々は、言葉を呑《の》み込んだ。

およそ二、三十メートル先から遊歩道を、肩にゴルフバッグを担《かつ》いだ小柄な中年女性が歩いてきた。

黒のつば広帽子にサングラスをかけているのが、怪しさに拍車をかけていた。

「涼太。ターゲットと思《おぼ》しき女性が接近。身長百五十センチから百五十五センチ。年は四十代から五十代。黒のつば広帽子にサングラス。肩にゴルフバッグを担いでいる。公園まで約二十数メートル。どうぞ！」

『え⁉　マジですか⁉　どうしてその小柄なおばさんを犯人だと思うんですか⁉　どうぞ！』

「肩に担いでいるゴルフバッグよ。おばさんが夕方に公園でゴルフの練習はしないでしょ？　それに、事件が起きた日の夕方、公園付近の監視カメラにゴルフバッグを担いだおばさんの姿が映っていたの。どうぞ！」

『ラジャー！』

涼太の声は、緊張に強張《こわば》っていた。

これまでの被害状況から考えると、凶器はゴルフバッグに入っている可能性が高かった。

約一ヵ月の間に「TAP」には、目黒区の「朝顔公園」が二件、五十メートル離れた「昼顔《ひるがお》公園」が二件の、合わせて四件の被害届が飼い主から出ている。

犯人は土地勘のある人間らしく、園内に設置してある監視カメラには一切映っていなかった。

数ある目黒区の公園で、「朝顔公園」と「昼顔公園」だけで被害届が出ているのは偶然ではないだろう。

二つの公園は、監視カメラの死角が多いという共通点があった。

だが、公園周辺に設置してある監視カメラに、ゴルフバッグを担いだ中年女性が歩いている姿が四件の日すべてに映っていたのだ。

公園に出入りするところは映っていないので、その中年女性が犯人だとは断定できない。

公園ではなく別の場所に行った可能性もあるのだ。

しかし、中年女性は現れた。

「朝顔公園」の出入り口まで、十メートルを切っていた。

ミニチュアダックスフンド、トイプードル、ミニチュアシュナウザー、チワワ……四件とも被害に遭《あ》ったのは小型犬ばかりだった。

ゴールデンレトリーバーや秋田犬《あきたいぬ》などの中型犬以上の被害が出ていないのは、反撃を恐れてのことなのかもしれなかった。

その事実も、璃々が犯人は女性ではないかと推理する理由の一つだった。

公園の出入り口まで五メートルほどのところで、中年女性が足を止めた。

あたりを警戒するように、首を巡《めぐ》らせていた。
二、三十秒ほどして、中年女性が足を踏み出した。
中年女性が公園に入れば、璃々の推理が当たる可能性は極めて高くなる。

璃々は、固唾《かたず》を呑んで見守った。

四メートル、三メートル、二メートル、一メートル……中年女性が、公園に入った。

「対象が入園。実行に移すまで確保しちゃだめよ！　どうぞ！」

璃々は車を降りながら、涼太に命じた。

「ＴＡＰ」には逮捕権と捜査権がある。

犯人を拘束し、最寄りの警察署か交番に連行するのだ。

『黙って見ているなんて、かわいそうじゃないですか？　もし、被弾しちゃったらどうします？　どうぞ』

「仕方ないじゃない。アンソニーには、ちょっとの間だけ辛抱《しんぼう》して貰《もら》うしかないわ。とにかく、犯人確保が最優先だから。犯人が凶器を取り出してアンソニーに向けて構えるまでは、我慢するのよ。どうぞ」

『ラジャー！』

涼太の気持ちはわかる。

万が一、ということもある。

犯人を取り押さえるのが遅れて、アンソニーが被害犬になる可能性も考えられた。

だが、現行犯でなければ犯人を逮捕できないので仕方がなかった。

璃々は、中年女性と五、六メートルほど距離を空けてあとをつけた。

園内のスクエアな空間には、涼太の報告通りにベンチで寝ているホームレスの男性と、反対側のベンチでスマートフォンのゲームに夢中になっているスーツ姿の男性がいるだけだった。

アンソニーは、二人から二十メートル以上離れた公園の片隅のジャングルジムに繫がれていた。

ほかにも滑り台、バケット型ブランコ、象やパンダの乗り物もあるが、ジャングルジムにアンソニーを繫いだのは、監視カメラから死角になっている唯一《ゆいいつ》の遊具だからだ。

中年女性は、アンソニーから四、五メートルのところにあるサークルベンチに腰を下《お》ろし、緑茶のペットボトルを取り出し飲み始めた。

サークルベンチの背後――二台並んだ自動販売機の陰に身を潜《ひそ》めている涼太の存在には、気づいていないようだ。

璃々は、サークルベンチから十メートルほど離れた公衆トイレに身を隠した。

本当は中年女性との距離を詰めたかったが、対象にはもちろん、アンソニーにも気配を悟られてはならなかった。

人間の一億倍はあると言われている犬の嗅覚《きゅうかく》は、すぐに主人の匂いを感知するだろう。

アンソニーの歓喜《かんき》の行動で中年女性に感づかれたら、これまでの苦労が水泡《すいほう》に帰《き》してしまう。

自動販売機の陰に潜む涼太と中年女性との距離は二、三メートルなので、凶器を取り出してから飛び出しても彼の脚力なら十分に間に合う。

璃々は、警棒式スタンガンが収まるウエストホルダーに手を当てた。

対象が凶器を手にしていたり激しく抵抗した場合、または動物に危害を加えようとしていた場合のみ、「TAP」ではスタンガンの使用が認められていた。

ほかには、対象を拘束するための革手錠を携行《けいこう》していた。

中年女性がサークルベンチから立ち上がると、アンソニーのほうに歩み寄った。

『確保しますか？　どうぞ』

涼太から伺《うかが》いを立てる通信が入った。

「まだよっ。凶器を取り出すまで動かないで。どうぞ」

『それじゃ間に合わないかもしれないですよっ。アンソニーが被弾したらどうするんですか！　どうぞっ』

「そうなったら、ペナルティよ！　どうぞ」

『そんなぁ……わかりました。ラジャー……』

力ない涼太の声が途切れた。

中年女性は、犬好きのおばさんのように腰を屈《かが》めアンソニーの頭を撫《な》でていた。

本当に、犬好きのおばさんかもしれない。

ゴルフバッグには、ゴルフクラブが入っているのかもしれない。

だが、その確率はかぎりなく低いと璃々の経験が告げていた。

五年前……「TAP」に入るまでの璃々は動物医療の専門学校に通い、動物病院で動物看護師として働いていた。

虐待《ぎゃくたい》や放置《ネグレクト》で傷つき、衰弱した犬や猫が死に逝《ゆ》く現場に立ち会うたびに璃々は無力感を覚えていた。

動物達が身と心に傷を負う前に救いたい。

目の前で物言えぬ彼らの命が消えるのを見るたびに、璃々はやり切れぬ思いになった。

そんなとき璃々は、日本で初めての動物警察が実験的に東京都の管轄下《かんかつか》に置かれるという情報を耳にした。

募集人員は男性職員が三十人、女性職員が三十人の合計六十人で、応募資格は病院の検診で異常がないという証明書を貰うことと、四年制大学もしくは動物医療の専門学校を卒業していることだった。

東京で動物警察が成功をおさめたら、ゆくゆくは日本全国に派出所形式で支所を拡大してゆくという計画らしかった。

璃々が倍率十倍を超える難関を突破できたのは、専門学校を卒業し、認定動物看護師の資格を持つキャリアが有利に働いただろうことは間違いなかった。

職務柄、虐待で傷ついたりネグレクトで衰弱している動物を救出することが多いので、獣医療の知識があったほうがいいのだろう。

合格したからといって、すぐにアニマルポリスになれるわけではない。

上部団体の東京都福祉保健局の指導のもと、三ヵ月の研修期間を経なければならないと取り決められていた。

研修内容は、「東京アニマルポリス」の理念と役割についての講習を受ける基礎研修Ⅰ。

犬、猫、エキゾチックアニマル、鳥類、爬虫類《はちゆう》、両生類、魚類の種類、性質、注意事項などの講習を受ける基礎研修Ⅱ。

動物愛護相談センターや市民からの通報にたいしての受け答えマニュアル、調査、容疑者への接触、尋問、張り込み、逮捕・拘束までの流れなどの講習を受ける基礎研修Ⅲ。

警察署、交番への協力依頼、容疑者の引き渡しなどの講習を受ける基礎研修Ⅳ。

動物病院への協力依頼、被害動物の搬送《はんそう》などの講習を受ける基礎研修Ⅴ。

動物取扱業、特定動物の監視、指導、販売、貸し出し、訓練業者などの登録、監視、指導の講習を受ける専門研修Ⅰ。

ライオン、熊、ワニなど危険な特定動物の飼養《しよう》、保管の許可や監視、指導の講習を受ける専門研修Ⅱ。

人間と動物との共通感染症の予防と調査の講習を受ける専門研修Ⅲ。

畜舎等の監視、指導の講習を受ける専門研修Ⅳ。

「ＴＡＰ」には、動物愛護相談センターにはなかった警察の全面協力が約束され、事件の捜査権と容疑者の逮捕権が与えられた。

動物愛護相談センターは虐待されている動物を保護する権利自体はあったが、容疑者が拒否した場合の強制連行権はなかった。

強硬に抵抗する容疑者から動物を保護するには、警察に協力を仰ぐしかなかったのだ。

つまり「ＴＡＰ」は、動物愛護相談センターと警察が合体したような組織だった。

四年前の四月、晴れて璃々は渋谷区代々木《よよぎ》の山手《やまて》通り沿いに建つ五階建てのビルを本部とした、「東京アニマルポリス」の職員となった。

『もしかしたら、ただの犬好きなだけかもしれませんね。どうぞ』

左腕の通信機から聞こえる涼太の声が、璃々を現実に引き戻した。

涼太がそう思うのも、無理はなかった。

中年女性がアンソニーをかわいがり始めて、既に十分が過ぎていた。

声をかけるときのトーンの高さも、耳の裏や顎《あご》の肉の揉《も》みかたも犬好きのそれだった。

「いいえ、犬好きを装っているだけよ。どうぞ」

動物医療専門学校で数多くの犬や猫を見てきた璃々の眼《め》はごまかせなかった。

『どうしてですか？　あのかわいがりかた、演技に見えませんけど。どうぞ』

「アンソニーを見なさい。何度もあくびをしているでしょう？　どうぞ」

『リラックスしているんじゃないんですか？　どうぞ』

「あんた、『TAP』に所属するまではトリマーやっていたんだよね？　犬があくびをするのは緊張しているときが多いこと知らないわけ？　寝起きのあくびは単なる眠気だけど、人に触れられているときのあくびは緊張している証《あかし》よ。それに、鼻をペロペロ舐《な》めているのも不安な気持ちの表れよ。動物は言葉で伝えることができないんだから、もっと気持ちを読めるようにしなさい。どうぞ」

犬は、人の気持ちを察する天才だ。

笑顔でも敵意のある人間、平静を装っても怖がっている人間……犬は見た目に騙《だま》されず、野生の本能で人間の心理を見抜いてしまうのだ。

『なるほど、勉強になります。でも、アンソニー、尻尾《しっぽ》を振ってますよ？　どうぞ』

「呆《あき》れた。まさか、尻尾を振るイコール喜びのサインだなんて、素人みたいなこと思っていたんじゃないでしょうね？　どうぞ」

『え⁉　違うんですか⁉　どうぞ』

「犬が尻尾を振るのは興奮しているときのサインよ。嬉《うれ》しいから尻尾を振るんじゃなくて、嬉しくて興奮しているから振るの。だから、身の危険を感じて興奮しているときも同じように尻尾を振るのよ。どうぞ」

『驚きです！　いやぁ、先輩、改めて尊敬しちゃうなぁ』

「なに他人事《ひとごと》みたいに言ってるの。あんたもアニマルポリスなんだから、もっと動物の気持ちを勉強……」

璃々は言葉を切った。

視線の先――中年女性が立ち上がった。

周囲に首を巡らせ、ホームレスが寝ていることとサラリーマンふうの男性がスマートフォンのゲームに熱中していることを確認すると、ゴルフバッグを肩から下ろした。

「涼太！　いよいよ！　どうぞ」

璃々は言いながら、革手錠を握り締めた。

『ラジャー』

中年女性がゴルフバッグのファスナーを開き、中から長さ一メートルはあろうかというバズーカ型の水鉄砲を取り出した。

スケルトンの貯水タンクは、ピンクに染まっていた。

中年女性が特大水鉄砲を肩に載《の》せ、銃口をアンソニーに向けた。

涼太が自動販売機の陰から飛び出した。

璃々も涼太のあとに続いた。

中年女性が引き金に手をかけるのとほとんど同時に、涼太が跳んだ——中年女性の腰に組みつき、地面に転がった。

鮮やかなピンクの液体が宙に放物線を描いた。

「動物愛護管理法違反で、現行犯逮捕します！」

璃々は涼太に組み敷かれている中年女性の右手首を革手錠でロックした。

「な、なにするんだい！　は、離せ！　水鉄砲で遊んだら、犯罪なのかい！」

中年女性は、つば広帽子とサングラスが外《はず》れるほどに激しく暴れた。

「しらばっくれてもだめですっ。あなたが愛犬連続ペンキ弾事件の犯人だとわかってるんですから！」

あと数秒遅れたら、アンソニーはピンクのペンキ塗《まみ》れになっていた。

「私が、その犬にペンキを浴びせようとしたっていう証拠はっ、証拠はあるのかい！」

中年女性が開き直ったように言った。

「このペンキを鑑識に回します」

璃々は地面に転がる水鉄砲を、革手錠を持つ手と反対側の手で拾い上げた。

「過去四件の被害に遭った犬のペンキと原料が一致するかどうかは、すぐに結果が出ます。涼太、先に彼女を車に連行してて」

璃々は言い残すと、アンソニーのもとに駆け寄った。

「大丈夫だった⁉　よく頑張ったね～。いい子、いい子」

璃々はアンソニーの丸くひしゃげた顔を両手で挟《はさ》み込み、もみくちゃにしながら褒《ほ》めた。

ブフゥ～、と鼻を鳴らし鼻水を垂《た》らし、アンソニーが璃々に甘えてきた。

任務を終えた直後は、ポリスドッグを思い切り褒めて甘えさせることが重要だった。

「怖かったね～、かわいそうだったね～、えらかったね～」

璃々はアンソニーを抱き締め、ぺちゃ鼻にキスの雨を降らせた。

『先輩、早く行きましょうよ～。どうぞ』

涼太の焦《じ》れた声が通信機から流れてきた。

「ポリスドッグのケアには、たっぷりと時間を取るって習わなかった？　もう一度、研修を受けなさい。どうぞ」

『はいはい』

「はいは一回！」

璃々はピシャリと言い放つと口元を綻《ほころ》ばせ、アンソニーを抱き上げた。

2

『あなたが放ったピンクのペンキと、過去に「朝顔公園」と「昼顔公園」で被害に遭った四匹の犬の被毛に付着していたペンキの成分が一致しました。もう、言い逃《のが》れはできません。すべて、あなたがやったことですよね？』

コンクリート壁に囲まれた十坪のスクエアな空間――「説得室」で、「目黒公園愛犬連続ペンキ弾事件」の容疑者として連行した中富光江《なかとみみつえ》に、涼太が自白を促した。

「説得室」は、警察で言えば「取調室」に当たり、容疑者を説得して改心させるための部屋だ。

『だったら、なんなのよ？』

中富光江が足を組み、開き直ったように言った。

「あんな小柄な普通のおばさんが……世の中、わからないもんだね」

「説得室」の隣室で、マジックミラー越しに涼太と中富光江のやり取りを璃々とともに見ていた兵藤《ひょうどう》が、他人事のように独り言《ひとご》ちた。

四十五歳になる兵藤は、「TAP」の捜査一部の十人の職員で最年長だ。

「小柄なおばさんでも動物を虐待する人はいるし、大柄の極悪顔の男でも虫も殺せない人はいます。先入観に左右されるのは危険です」

璃々は、マジックミラーに眼を向けたまま言った。

「そんな棘《とげ》のある言いかたをしなくても……いや、そうだね、君の言う通りかもしれない。うん、先入観はよくないね」

言いかけた兵藤が、言葉を変えた。

彼の自己防衛のアンテナが、言い返せば議論に発展すると察知して、璃々に話を合わせたのだろう。

兵藤は部長の肩書はあるが事なかれ主義で、璃々とは真逆で積極的な捜査を嫌う。

捜査一部で問題があると自らの責任になるので、とにかく無難に済ませたいのだ。

璃々は、兵藤の日和見《ひよりみ》主義的な言動が苦手だった。

「東京アニマルポリス」の捜査部は五部まであり、フェレットやウサギなどのエキゾチックアニマルの事件を扱うのが二部で、イグアナ、ヘビ、カエル、アロワナなどの爬虫類、両生類や魚類の事件を扱うのが三部、オウム、インコ、フクロウなどの鳥類の事件を扱うのが四部、牛、馬、豚などの家畜の事件を扱うのが五部だ。

ライオンやワニなどの特定動物の事件が発生した場合、各部署が総動員で対処する。

璃々の所属する捜査一部は、犬猫を専門に扱う花形部署だ。

だからといって、犬と猫以外の事件を扱わないわけではない。

研修期間に一通りの動物の勉強をしているので、難解な事件や人手が足りないときは部署の垣根を越えて協力し合うことになっている。

『その言いかたはないでしょう？　あなたは、自分のやったことを反省していないいんですか？　物言えぬ動物にペンキを浴びせるなんて、かわいそうだと思いませんか？』

涼太が、冷静さを保ちつつ諭《さと》すように言った。

警察と違い、「TAP」の仕事は自供させることだけが目的ではない。

犯人に反省を促し、もう二度と虐待や放置を繰り返さないと改心すれば警察や交番に連行せずに解放することもある。

ただし、ペットは戻さない。

姉妹団体の動物愛護相談センターの職員に被害動物を預け、人間にたいして不信感が植えつけられた動物達の心のケアをし、新しい飼い主、つまり譲渡先を募《つの》るという流れになる。

現場での口頭注意で済む程度ならば飼い主を拘束することはなく、ペットも戻す。

しかし、身柄を拘束され「説得室」に連行されるほどの重い罪を犯した飼い主は別だ。改心しても虐待や放置を繰り返す恐れがあるというのが理由だ。

また、改心しても、ペットに重傷を負わせたり殺害した飼い主は問答無用で警察に引き渡し刑事事件として立件する。

中富光江のように、ペットを飼っていなくて加虐趣味やストレス発散の目的で他人のペットや野良猫を虐待する犯人は質《たち》が悪い。

愛情も罪悪感もなく、不特定多数の動物に危害を及ぼすからだ。

『ペンキくらいなんだい。私なんてね、自分の時間を犠牲にして十数年も三人の子育てをしてきたのに、反抗期の息子からはババア呼ばわりされて、甲斐性《かいしょう》のない主人には浮気をされて……。別に、そのくらいの息抜きをしたって罰《ばち》は当たらないさ』

悪びれたふうもなく、中富光江が吐き捨てた。

「なんて人なのっ！」

足を踏み出そうとした璃々の腕を、兵藤の手が摑《つか》んだ。

「なにをするつもりだ？」

「『説得室』ですよ！　あのおばさんの性根《しょうね》を叩《たた》き直してやります！」

「そんなこと……やめてくれ。近年、警察の取り調べでも人権団体やらなんやらがうるさくて、なにかあればすぐに裁判沙汰だ。『ＴＡＰ』の職員に密室に監禁されて脅迫《きょうはく》されたとか言われたら、私の責任問題に発展するんだぞ。ここは、中島《なかじま》君に任せておきなさい」

「部長、しっかりしてください！　動物虐待したのはあのおばさんですっ。なにを恐れてるんですか⁉」

「動物虐待より、人間虐待のほうが問題だろう？　いたずらに、ことを荒立てないでくれよ」

兵藤が、懇願《こんがん》口調で言った。

「はぁ⁉　それ、本気で言ってますか⁉　虐待で受ける心と身体《からだ》の傷の痛みは、動物も人間も同じです！　それに、いつ、私があのおばさんを虐待するなんて言いましたか⁉　私は、性根を叩き直してやると言っただけです！」

璃々は、兵藤に軽蔑の眼差《まなざ》しを向けた。

「だから、それが問題だと言っているんだよ。頼むから、ここはおとなしく……」

「部長のほうこそ、黙って見ててください！」

璃々は兵藤の腕を振り払い、隣室に続くドアを開けた。

「あっ……待ちなさい、北川《きたがわ》君！」

慌てて兵藤があとを追ってきた。

「説得室」に険《けわ》しい表情で踏み込んできた璃々に、涼太がギョッとした顔を向けた。

「先輩、どうしたんです……」

「あなた！　自分がストレス溜め込んでるからって、犬にペンキをかけて発散していいわけないでしょ！」

璃々は涼太の声を遮《さえぎ》り、中富光江に詰め寄った。

「なんなのよ、犬コロ一匹のためにキーキーキーキー騒いじゃってさ。だいたいさ、犬コロが哀《かな》しんだり傷ついたりするわけないでしょうに。ペンキかけられてかわいそうだ虐待だと言ってるけどさ、犬コロのほうは遊んで貰っていると思って喜んでいるんじゃないの？」

中富光江は嘯《うそぶ》くと、南国の怪鳥《けちょう》さながらにけたたましく笑った。

気づいたときには、身体が動いていた。

璃々は涼太の前にあるスチールデスクの上の特大水鉄砲を手に取ると、中富光江に向かって引き金を引いた。

「先輩！」

「北川君！」

涼太と兵藤の声が交錯した。

「な、なにするんだい！」

ピンクのペンキ塗れになった中富光江の叫び声が、「説得室」の空気を切り裂いた。

「少しは、ペンキをかけられた犬達の気持ちがわかった⁉」

「おいおい、北川君、これはよくないよ……お詫《わ》びしなさい」

兵藤が、うろたえつつ言った。

「あんた……こんなことして、ただで済むと思っているの⁉」

中富光江が、顔に付着したペンキを手の甲で拭《ぬぐ》いつつ怒りに震える声で言った。

「それはこっちのセリフよ！」

璃々は両手を中富光江のデスクに叩きつけ、怒声《どせい》を浴びせた。

「ものを言わないからってね、動物だって私達人間と同じように痛いも苦しいもつらいも哀しいも感じるのよっ。子育てや旦那の浮気がなんだって言うの⁉　信頼している人間にいきなりシンナー臭《くさ》い液体をかけられて視界を遮られた犬達が、どれだけ怖くて哀しい思いをしているか、あなたにはわからないの！　きなさい！」

璃々は厳しい表情で言いながら、中富光江の腕を摑んで引《ひ》き摺《ず》り立たせた。

「ちょ……ちょっと、どこに行くのよ？」

さっきまでのふてぶてしさは消え、中富光江の顔には不安の色が広がっていた。

「中富光江さん、あなたを、動物愛護管理法違反で警察に引き渡します！」

「えっ……」

中富光江が表情を失った。

「北川君、今回は、四匹の被害犬の命にかかわる問題ではなかったわけだし、なにもそこまでしなくても、厳重注意でいいんじゃないのかな？」

璃々の顔色を窺《うかが》いながら、兵藤が言った。

「たまたま、運がよかっただけですっ。ペンキには有害物質のシンナーが含まれています。逆に運が悪くてペンキが鼻や口から肺に入って死んだり、命を落とさないまでも失明の危険もあったわけですっ。四匹とも重症にならなかったのは不幸中の幸いですが、だからといって、反省の色の見えない容疑者を許すことはできません！　司法の裁きを受けて、罪を償うべきです！」

璃々の迫力に圧倒された兵藤は、苦笑いして黙り込むことしかできなかった。

「涼太、車を出して！」

「了解です！」

弾《はじ》かれたように席を立った涼太が、「説得室」を飛び出した。

「早く、きなさい！」

抵抗する中富光江の腕を、璃々は引いた。

「鬼！　悪魔！」

中富光江が、物凄《ものすご》い形相で璃々に毒づいた。

「物言えぬ弱い立場の動物を、ひとでなしから守るためなら、私は喜んで鬼にでも悪魔にでもなるわ！」

璃々の啖呵《たんか》が、「説得室」の空気を切り裂いた。

中富光江の肩越しで、兵藤が大きなため息を吐《つ》きながらうなだれた。

3

「犯人の引き渡しですか？」

代々木八幡《よよぎはちまん》交番——初めて見る顔の巡査が、怪訝《けげん》そうに璃々の言葉を繰り返した。

「そうよ。あなた、新しく配属された巡査さん？」

交番の中にずかずかと踏み入った璃々は、新任巡査に訊《たず》ねながら勝手にデスクチェアに座った。

「あ、ちょっと、そこは……」

「渋谷署の地域課から？」

新任巡査の言葉を遮り、璃々は質問を重ねた。

「はい……先週から、当交番に配属されました。あの、そこは……」

「名前は？」

ふたたび、新任巡査を遮り璃々は質問した。

「天野広大《あまのこうだい》って言います」

「天野巡査……じゃあ、ラブね」

璃々は、マジマジと新任巡査……天野の顔を見ながら言った。

「ラブ……ですか？　天野広大って名前から、どうしてラブになるんですか？」

天野が訝《いぶか》しげに訊いた。

「ああ、名前は関係ないわ。ラブラドールレトリーバーに似ているから、ラブよ」

「ラブラ……それは、なんですか？」

天野が首を傾《かし》げた。

「ラブラドールレトリーバーを知らないの⁉　あなた、野球界でいえばイチロー選手を知らないようなものよ⁉」

璃々は、素頓狂《すっとんきょう》な声を上げた。

「それって、外車ですか？」

天野の真剣な表情に、璃々はため息を吐いた。

「車に似ているなんて、言うわけないじゃない。あなた、もしかして犬嫌いなの？」

「ああ、犬の名前だったんですね？　その、ラブラなんとかっていうの。犬嫌いというより、怖いんです。小さい頃、近所の飼い犬に咬《か》まれたことがあって」

「よくあるパターンね。でも、犬が咬むときって狂犬病じゃないかぎり、必ず理由があるものよ。大声を出したとか急に頭を撫でたとか」

「たしかに、尻尾を振ってるから摑もうとしたらガブッと……」

「犬の尾は感情表現、バランス維持、体温維持って、いろんな役割を持っていて敏感な部位なのよ。それをいきなり飼い主でもない人が摑もうとしたら、咬まれても仕方ないわよ。人間だって、見知らぬ人のお尻をいきなり鷲《わし》摑みにしたらひっぱたかれたって文句言えないでしょ？」

「それとこれとは、違うような気もしますが……ところであなたは、どちら様ですか？　どういったご用でしょうか？」

天野が、思い出したように訊ねた。

「この制服を見て、わからない？」

璃々は立ち上がり、一回転して見せた。

「警備会社の方ですか？」

「あなた、ラブラドールみたいな顔をしてるのに鼻が利《き》かないのね。ほら」

言いながら、璃々は左胸の「ＴＡＰ」の刺繍を指差した。

「タプ？　なんですか？」

「タップ！　本当に、わからないの？　まったく、最近の警察は新人教育がなってないわね」

「ああ、思い出しました！　動物愛護団体の方ですよね!?」

天野が胸前《むなさき》で手を叩き、大声を張り上げた。

知らないの!?」

「動物愛護団体じゃなく、動物警察！　東京都福祉保健局管轄の『東京アニマルポリス』を知らないの!?」


璃々は呆れ口調で言いつつ、デスクチェアに腰を戻した。

「も、もちろん、知ってますよ！　す、すみません、まだ、新人なので……」

「新人だからこそ、もっと勉強するべきでしょ！」

「はいっ、すみません！」

璃々の一喝《いっかつ》に、天野が直立不動になった。

「って……なんで、僕、さっきから怒られているんですか？　それに、そろそろどいてくれませんか？　ここは交番で、そこは……僕の席ですから」

恐る恐る、天野が自己主張した。

「別に、ラブの席じゃないでしょう？」

璃々は、どっかりと椅子に座ったまま言った。

「あの……その呼びかた、やめて貰えますか？」

「ラブって呼ぶと言ったでしょう？」

「僕は、認めてないんですけど……まあ、いいや。それで、ご用件は……」

「先輩っ、もう、いつまで待たせるんですか!?　この人、絡《から》んできて大変なんですよ」

涼太が、両手にタオルを載せた中富光江を引き連れて交番に乗り込んできた。

「善良な市民になんの真似《まね》だい！　こいつを外してくれ！」

中富光江が身体を捩《よじ》り両腕を振り上げるとタオルが吹き飛び、手首を拘束した革手錠が現れた。

「なにが善良な市民よ！　罪なきワンコ達に銃弾を浴びせといて！」

璃々はデスクチェアから立ち上がり、中富光江を一喝した。

「じゅ……銃弾⁉」

天野が裏返った声を上げた。

「人聞きが悪いこと言うんじゃないよ！　銃弾じゃなくて、ただのペンキじゃないか！」

中富光江が、璃々に食ってかかってきた。

「人間を信頼しているワンコにとっては、いきなり浴びせられたペンキは拳銃で撃たれたのと同じくらいの衝撃なのよ！　おばさん、ちっとも反省してないみたいね！」

璃々も負けじと、鬼の形相で詰め寄った。

「なんであたしが反省しなきゃならないのよ！」

「ちょ……ちょっと、二人とも、落ち着いてください！」

天野が、璃々と中富光江の間に割って入った。

「これはいったい、どういうことですか？　説明してください」

「このおばさんは、公園で繋がれているワンコ達に無差別にペンキ弾を浴びせた犯罪者よ！」

璃々は言いながら、スマートフォンを天野の前に突き出した——中富光江の被害に遭った犬達の画像を次々とスワイプした。

「かわいそう……」

ディスプレイをみつめる天野の眉毛《まゆげ》が八の字になった。

「でしょ！　だから、連行したのよ！」

「え？」

天野の顔に、疑問符が浮かんだ。

「あとは、頼んだわよ！」

璃々は、天野の肩を叩いた。

「えっ、頼んだって、なにをですか？」

「だから、現行犯逮捕したんだから、厳しく取り調べて二度とこういう悪質な犯罪を繰り返さないようにしかるべき刑罰を与えてちょうだい！」

璃々は、話の通じない天野にいら立った口調で言った。

「ちょっと待ってください。ウチは警察だし、ワンちゃんの事件は、そちらのお仕事じゃないんですか？」

「ラブ君、私をからかっているの？」

璃々は腕組みをし、天野を睨《にら》みつけた。

「ラブ君って、なんですか⁉」

涼太が、好奇に瞳を輝かせ話に割って入ってきた。

「顔がラブラドールレトリーバーに似ているから……そんなことより、警察と『TAP』の関係は知ってるでしょう?」

璃々は、涼太から天野に顔を戻した。

「ええ、でも、この人の罪は警察で取り調べるほどのものじゃないような……」

遠慮がちな天野の声を、璃々が掌《てのひら》をデスクに叩きつける音が遮った。

「あんたみたいな考えの人がいるから、動物虐待がなくならないんでしょうが!」

「あ、いや……僕が言いたかったのは、ワンちゃんにペンキをかけるという行為はもちろん許されることではありません。ただ、そういった人達を現行犯逮捕したからってすべて受け入れるわけにはいかないんですよ。そちらで、きっちり油を絞って二度と繰り返さないように……」

ふたたび、デスクを叩く衝撃音が天野の声を遮った。

「このおばさんがそんなタマじゃないから、連行してきたんでしょうが! こういう性悪おばさんには、きっちり罪を償わせないとだめなのよっ」

璃々の一喝に、天野が眼を閉じ首を竦《すく》めた。

「誰が性悪だい！　このお巡りさんの言う通りよ！　犬コロにペンキをかけたくらいで、罪になるわけがないだろうに！　ちょっと前までは、犬コロを死なせても器物破損で済んだ程度のことだったんだからさ。犬コロの命なんて、家電と変わらないんだよ。小娘っ、よく聞きな。粗大ごみにペンキをかけたからって、警察に逮捕されるっていうのかい？」

「あんたって人は……」

璃々は怒りに唇をわななかせ、拳《こぶし》を握り締めた。

「わかったかい、お嬢さん。お巡《まわ》りさんは、私が犯罪者じゃないと言ってるのさ。さあ、お巡りさん、この忌《い》まわしいやつを外しておくれよ」

中富光江が璃々に勝ち誇ったように言うと、天野に革手錠で拘束された両腕を突き出した。

天野が、中富光江の革手錠を外し始めた。

「ちょっと、ラブ君！　あんた本当に、このおばさんを釈放する気⁉」

璃々は血相《けっそう》を変え、天野に詰め寄った。

天野は璃々に答えずに、中富光江の革手錠を外した。

「見損《みそこ》なったわ！　人間だけを守っていれば、動物なんてどうだっていいの⁉　なんとか言いなさいよ！」

「落ち着いてください、先輩！」

天野に摑みかかろうとする璃々の腕を、慌てて涼太が摑んで引き留めた。

「だから私は、犯罪者じゃないと言っただろう？　ねえ、お巡りさ……え！」

「動物愛護管理法違反の容疑で再逮捕します」

天野が、革手錠を外したばかりの中富光江の手首に手錠をかけた。

「ちょっと、なにすんのさ！　ちくしょう！　あんたも、小娘の肩を持つのかい！」

「そのつもりはなかったんですけど、動物の命を消耗品みたいに考えているあなたを見て、考えが変わりました。きっちり、油を絞らせて貰います」

般若《はんにゃ》の如《ごと》き形相で食ってかかる中富光江から璃々に視線を移した天野が、笑顔で頷《うなず》いた。

第二章　ミニチュアシュナウザーの虐待疑惑!?

1

「また君か！」

室内に、怒号が鳴り響いた。

デスクに座った所長の織田《おだ》が、赤く怒張した四角い下駄《げた》顔で璃々を睨みつけた。

「そもそも、中富光江の説得担当は中島だろう!?　どうして、君が説得室に入るんだ!?」

織田が、璃々の隣に立つ涼太を指差しつつ問い詰めた。

「涼太には、あのおばさんは時期尚早《しょうそう》でした！　いいように弄《もてあそ》ばれていたし、埒《らち》が明かないから私がヘルプしたんですけど、それが責められることですか!?」

璃々は怯《ひる》むどころか、一歩踏み出し織田を問い詰め返した。

「説得中の容疑者にいきなりペンキを浴びせることがヘルプなのか!?」

織田がデスクを叩き、腰を上げた。

ノーフレイムの眼鏡が、勢いで鼻の上にずれ落ちた。

「犬コロが哀しんだり傷ついたりするわけない、ペンキかけられて喜んでいる……なーんて言うんですよ⁉　反省のかけらもないおばさんを、どうして所長は庇《かば》うんですか⁉」

璃々もデスクを叩き、織田に食ってかかった。

「庇ってなんかいないさ！　そういう悪質な容疑者の罰は、警察に任せておけばいいだろう⁉　私が言っているのは、感情に任せて容疑者にペンキを浴びせるという君の暴挙だ！　傷害罪で訴訟でも起こされたら、どうするつもりだ！」

織田が璃々に人差し指を突きつけた。

「ほら、だから言っただろう？　問題になるから、説得室に入ってはいけないと」

璃々の右隣に立つ兵藤が、自分は止めたということを織田にアピールした。

保身しか考えていない兵藤らしい言動だ。

「君も君だ。部長の君がついていながら、どうして止めなかったんだ⁉」

織田の怒りの火の粉が、兵藤に飛び火した。

十歳下の上司からの叱責《しっせき》に、兵藤の顔が屈辱に歪《ゆが》んだ。

織田は恰幅《かっぷく》がいいので老《ふ》けて見えるが、まだ三十五歳だ。

「え？　あ、いえっ、ですから、全力で止めましたよ！　でも、北川君は私を突き飛ばして説得室に駆け込んだんです……」

兵藤が、悔恨の表情で唇を噛《か》んだ。

「はぁ!? 私がいつ、部長を突き飛ばしましたか!? 自分かわいさに、そんなでたらめを言うんですか!?」

「なんだ、部長。でたらめなのか!?」

兵藤に向けられた織田の眼が厳しくなった。

「と、とんでもない！ き、き、北川君っ、う、嘘《うそ》を吐くんじゃないよ！ き、君は、僕を突き飛ばして説得室に行ったじゃないか！」

しどろもどろになりながらも、兵藤は保身のために璃々にあらぬ罪を擦《なす》りつけようとした。

「あなたって人は、保身のために部下を陥《おとしい》れて恥ずかしくないんですか！ 部長も、性根を叩き直したほうがよさそうですね！ さあ、嘘を吐いたと正直に言ってください！」

璃々は兵藤の胸倉《むなぐら》を摑んで激しく揺らしながら、詰め寄った。

「先輩っ、だめですって……そんなことをしたら、余計に疑われてしまいますよ！」

涼太が、璃々と兵藤の間に割って入った。

「ぐるじい……き、北川君……は……放じでぐれ……」

兵藤の顔が、みるみる紅潮《こうちょう》した。

「北川君、いい加減にしなさい！ これ以上の騒ぎを起こすと、ペナルティを与えるぞ！」

織田の一喝に、璃々は渋々兵藤の胸倉を放した。

「ま、まったく……なんて女だ。所長、これで、私の言っていることが正しいとわかって貰えましたか？　上司に暴力を振るったんですから、北川君を謹慎《きんしん》させてください」

兵藤が、悲痛な顔で訴えた。

「それはできない」

にべもなく、織田が言った。

「えっ……で、できないとは……ど、どういうことでしょう⁉」

予想外の織田の言葉に、兵藤は明らかに動揺していた。

意外なのは、璃々も同じだった。

兵藤の胸倉を摑んだ時点で、一週間程度の謹慎は覚悟していた。

「たしかに、北川君は問題児だ。だが、今回の事件を解決したのは北川君あってのことだというのも事実だ。いままでも、『TAP』捜査一部の事件の大部分は北川君の的確な指示で解決してきた」

「ですが所長、北川君の傍若無人《ぼうじゃくぶじん》ぶりは目に余り……」

「私だって、腹立たしいよ。しかし、北川君の推察力、判断力、行動力は『TAP』に必要だ。捜査一部のエースである彼女がいなくなって一番困るのは、虐待されている動物達なんだよ」

口惜《くちお》しげに唇を嚙みながら、兵藤が渋々引き下がった。

「ということで、今回だけは大目に見てやる」

織田が、兵藤から璃々に視線を移した。

「どうも」

璃々は、素っ気なく言った。

「それだけか？」

織田の右の眉尻が吊《つ》り上がった。

「はい」

璃々は即答した。

「先輩、謝ったほうがいいですよ。所長が先輩の貢献を認めて温情をかけてくれたんですから」

涼太が、璃々の耳元で囁《ささや》いた。

「どうして私が謝らなければならないのよっ。ペンキをかけたのは、あのおばさんが反省してなかったからだし、部長の胸倉を摑んだのは、私に突き飛ばされたとか嘘吐くからだし……温情をかけられなきゃいけないようなことは、なにひとつやってないわ！」

涼太の囁きがまったく無意味になるような大声で、璃々は言った。

「それはそうなんでしょうけど……まったく、先輩には協調性っていうものがないんですか

「……」

涼太が、肩を落とした。

「人がせっかくチャンスをやろうとしているのに、君ってやつは……まあ、いい。とりあえず、三人とも座ってくれ」

織田に促され、璃々、涼太、兵藤はデスクに向き合う形に並べられた椅子に腰を下ろした。

「君達捜査一部には、新しい事件に当たって貰う。まずは、これを見てくれ」

織田は言いながらリモコンを手に取り、照明を絞った。

デスクの背後の壁に埋め込まれた大型のディスプレイに、動画が流れ始めた。

どこかの街路樹が並ぶ歩道で、男性が犬を散歩させていた。

後ろからのアングルなのではっきりとはわからないが、背中の雰囲気や足取りから男性はまだ若い感じがする。

犬は小型犬……恐らくテリアかシュナウザーだが、顔が見えないので判別はつかなかった。

だが、犬の歩きかたに璃々は違和感を覚えた。

足取りに力がなく、左右に身体が揺れていた。

「これはまた、別の日の動画だ」

ディスプレイの映像が切り替わり、新しい動画が流れ始めた。

今度は、瀟洒《しょうしゃ》なマンションを遠目から映していた。

恐らく、停めた車内からの撮影なのだろう。

黒のキャップを目深に被《かぶ》り、顔の半分を黒マスクで覆った男性が、腹這《はらば》いになる犬を見下ろしていた。

遠目だが、犬がミニチュアシュナウザーなのはわかった。

黒のロングTシャツと黒のパンツ……男性は頭の天辺《てっぺん》から足元までカラスのように黒ずくめだった。

さっきの散歩していた動画と同じ男性と犬に違いなかった。

後ろからのアングルではわからなかったが、シュナウザーは肋骨《ろっこつ》が浮くほど痩《や》せていた。

「撮影者の大学生が、昨日、ウチに持ち込んできた動画だ」

動画を止めて照明をつけた織田が、三人の心を見透《みす》かしたように入手ルートを明かした。

「あのシュナウザー、かなり痩せてましたね。ネグレクトですか？」

涼太が口を開いた。

「ネグレクトなら、散歩なんてさせないだろう？」

兵藤がすかさず否定した。

「でも、あの痩せかたは異常ですよ」

「痩せているからといって、ネグレクトと決めつけるのは早計だ。病気で食べてないという可能性もあるわけだからな」

「だけど、虐待だと思って大学生はウチに撮影した動画を持ち込んだんじゃないんですか？」

涼太が食い下がった。

「そうだとしても、その大学生がネグレクトの現場を目撃しているわけじゃないだろう？」

兵藤は言いながら、織田に窺うような視線を向けた。

「たしかに、大学生は虐待の現場を目撃したわけじゃない。近所で見かける犬が異様に痩せ細っているから、『TAP』に持ち込むために証拠映像として隠し撮りしたようだ。大学生の証言をまとめたデータによれば、飼い主の男性は俳優の西宮翔《にしみやしょう》だそうだ」

「え!? マジですか!?」

涼太が大声を張り上げた。

兵藤の瞳にも、好奇の色が宿っていた。

二人のリアクションがそうなるのも、無理はない。

西宮翔は、ドラマに映画に引っ張りだこの売れっ子俳優だった。

「ほら、だから言ったろう？ ネグレクトや虐待とはかぎらないって」

兵藤が、勝ち誇ったように涼太に言った。

「どうして、そう言い切れるんですか？」

それまで黙ってことの成り行きを見守っていた璃々は口を挟んだ。

黙っていたのは、異様に痩せ細っているシュナウザーについてあらゆる可能性を探っていたからだ。

「どうしてって？　西宮翔が、飼い犬を虐待するわけないだろう？　そんなことをしたら、ワイドショーや写真週刊誌の格好のネタになる。一般人と違って、体面というものがあるからね」

兵藤が、したり顔で言った。

「まあ、呆れた。まさか、本気で言ってるんですか？　有名人だからって、虐待しないとはかぎらないでしょう⁉　とくにネグレクトだと、本人の悪意がないままやっている場合があります。人間と同じで、動物のネグレクトも積極的ネグレクトと消極的ネグレクトにわけられます。前者は、ペットにたいしての知識や経済力があり、精神的疾患がないにもかかわらず飼育を放棄することを、後者は飼育の知識や経済力がなく、精神的疾患や知的障害を抱《かか》えていることを指します。西宮翔の場合は後者の事実はないので、積極的ネグレクトと考えるのが妥当《だとう》です」

璃々が、兵藤と涼太がやり取りしている間に導き出した結論を口にした。

「中富光江みたいなストレス塗《まみ》れの生活を送っているならいざ知らず、名誉も金も手にした彼が飼い犬を虐待する理由はないだろう」

「ストレスは、お金や名誉があるからなくなるものではありません。むしろ、いつも注目され、部屋の外に一歩出た瞬間から人の目を気にした生活を送らなければならない有名人には、一般人とは違う種のストレスがあるはずです。大事なことは、飼い主が有名人だから一般人だからという問題ではなく、動画に映っているシュナウザーが遠目にもわかるほどに肋骨が浮いているという事実です。ミニチュアシュナウザーはオス、メスともに平均体高が三十センチから三十六センチ、平均体重が五・四キロから九キロです。でも、動画のシュナウザーは明らかに五キロを切っています。目の前の事実がなにより優先すべきことで、ここで不毛な議論をしないで一刻も早く西宮翔から事情を聴くべきです」

璃々は兵藤ではなく、織田に訴えた。

「ほらほら、喉元《のどもと》過ぎれば熱さを忘れるだ。さっき、軽率な言動を所長から注意されたばかりだろう？　動画のミニチュアシュナウザーがガリガリに痩せているのは、私にだってわかるさ。だが、それを虐待だネグレクトだと決めつけて行動に移すのは早計《そうけい》だと言っているのさ。もし、シュナウザーが痩せている原因が重篤《じゅうとく》な病気だったら？　病気の治療に一生懸命になっている飼い主に虐待を疑うようなことを言って、訴訟問題に発展したらどうするつもりだ？」

兵藤が、不安げな顔で言った。

嫌味で言っているのではなく、兵藤は誤認逮捕になることを真剣に危惧《きぐ》しているのだ。

「またそれですか？　そういう可能性もゼロではないでしょう。もし、部長の言うようにこちらの勘違いだったら、素直に謝ればいいだけのことです」

「謝って許される問題……」

「許される問題です！」

璃々は、兵藤の言葉を遮った。

「あんなに痩せている犬を目撃した以上、ヒアリングするのは当然の話です。その上で虐待ではなく病気が原因だったら、通院して適切な治療を受けているのかを確認し、相談に乗るのも私達『ＴＡＰ』の仕事だと思いますけど？」

「そ、それはそうだが、相手がクレーマー体質で面倒なことになったら……」

「面倒なことになりません！」

なおも責任問題に発展することを恐れ、歯切れ悪く反論しようとする兵藤を、ふたたび璃々は遮った。

「そもそも、あんた虐待しているでしょう!?　なんてアプローチの仕方はしないんですから。散歩のときに偶然通りかかったふりをして、痩せていることを心配して話しかけるんですよ。西宮翔に疚《やま》しいところがなければ、普通に受け答えするはずです。まだ、なにか言いたいことありますか？」

「いや、なにも……」

兵藤が、渋々引き下がった。

「ということで、早速、出動します！　西宮翔のマンションはどこですか？」

璃々は、視線を兵藤から織田に移した。

「代官山《だいかんやま》だ」

「散歩の時間のデータとかありますか？」

「動画を持ち込んだ大学生によれば、午前中か夜の十時過ぎに見かけることが多いと言っていたな」

「西宮翔とシュナちゃんのデータをＬＩＮＥしてください。とりあえず、代官山に飛びます」

璃々は織田に一方的に告げると腰を上げた。

「あ、おい、まだ話が……」

「いま十時なので、うまくいけば午前中の散歩に遭遇できるかもしれません。サラリーマンと違って、生活リズムが不規則ですから。手遅れにならないうちに行ってきます！　涼太、おいで！」

璃々は織田に一礼すると踵《きびす》を返し、ドアに向かった。

「おいでって……犬じゃないんですから」

涼太が文句を言いながらも璃々に続いた。

「まだ犯人だと決まったわけじゃないから、早まるんじゃないぞ！」

「ラジャー!」

背中を追ってくる織田の声に足を止めずに璃々は、右手を上げて所長室を飛び出した。

2

璃々は、用紙に赤丸で囲んである一〇三号室のインターホンを押した。

赤丸は、犬を飼っている居住者の印だ。

右手には、各階の部屋番号をコピーした用紙を持っていた。

表札を出していない居住者の名前は明かさない、居住者が許可しないかぎりインターホンでの会話だけという条件で、管理人が用意してくれたのだ。

一階から五階までのマンションで、全部で二十世帯入っていた。

犬を飼っている居住者は、十一世帯だった。

『はい?』

スピーカーから、若い女性の怪訝そうな声が流れてきた。

「突然申し訳ございません。私、『東京アニマルポリス』の職員で北川と申します」

璃々は、カメラに向かって「TAP」の職員である証の身分証明手帳《ID》を掲《かか》げた。

『あ、「TAP」さんですか?』

女性の声が、柔らかくなった。

璃々が入所した四年前に比べて認知度が高まり、現在ではペットを飼っている者はほぼ「TAP」の存在を知っている。

「はい。居住者の方にお訊ねしたいことがあり、管理人さんに許可を頂きました」

『なんですか？』

「このあたりで、ミニチュアシュナウザーが虐待されているという通報が入ったのですが、そういった話をなにか聞いたことはございませんか？」

西宮翔の居住マンション……「ハイクラス代官山」を張るのは涼太に任せ、璃々は聞き込み捜査を開始した。

散歩に出てくるかどうかわからないターゲットを、二人で張り込むのは効率が悪いと判断したのだ。

対象にしたのは、「ハイクラス代官山」から半径百メートル以内のマンションばかりだ。

近所の住人なら、西宮翔とシュナウザーの散歩する姿を目撃している可能性が高く、また、涼太から無線が入ったときにすぐに戻れる。

本当は西宮翔が住むマンションの居住者に聞き込みをしたかったが、知人がいて本人に話が伝わるのを危惧したのだった。

『虐待されているミニチュアシュナウザーですか？　いえ、そんな話、初めて聞きました』

「『TAP』のホームページに通報欄がありますから、虐待現場を目撃したり噂《うわさ》を聞いたりしたらご一報ください。ご協力、ありがとうございました」

次の赤丸……一〇五号室は応答がなかった。

一〇六号室と二〇一号室も応答がなかった。

『はい？　どういったご用件でしょう？』

二〇二号室の品のよさそうな中年女性に、璃々は一〇三号室の居住者にたいするものと同じ説明をした。

『ごめんなさい。なにも聞いたことありません』

璃々は礼を述べ、次の赤丸……二〇五号室のインターホンを鳴らした。

『はい、なんですか？』

ぶっきら棒な若い女性の声が、スピーカーから流れてきた。

声の幼さからして、まだ十代なのかもしれない。

「突然申し訳ございません。私、『東京アニマルポリス』の職員で北川と申します。このあたりで、ミニチュアシュナウザーが虐待されているという通報が入ったのですが、そういった話をなにか聞いたことはございませんか？」

『ああ、虐待は知らないけど、芸能人がミニチュアシュナウザーを散歩させているのは何度も見たことあるよ……っていうか、一緒に散歩したこともあるし』

「その芸能人って、どなたですか？」

璃々は、逸《はや》る気持ちを抑えて冷静な声音《こわね》で訊ねた。

『西宮翔。全然気取ってなくて、気さくな感じなんだよね』

その口ぶりから、女性が西宮翔に好感を抱いていることがわかった。

「その西宮さんのミニチュアシュナウザーに、なにか変わったところはありませんでしたか？」

『え？　変わったところって、どういう意味ですか？』

女性が、訝しげな声で質問を返した。

「たとえば、凄く痩せたりとかしていませんでしたか？」

『ん〜どうだろう。まあ、スリムって言えばスリムだけど、虐待とかはないと思うよ』

「どうして、そう思います？」

『だって、一緒に散歩しているときも、ソルティのこと凄く気にかけてるし』

「ソルティ？」

『シュナウザーちゃんの名前だよ。水溜まりに足が入ったりお鬚《ひげ》に土がついたらすぐに抱き上げて拭いてあげてるし、首輪とかもルイ・ヴィトンだし。私がソルティになりたいくらいだよ』

女性が西宮翔に好意を寄せていることを差し引いても、話を聞いているかぎり虐待とは程遠いエピソードが続いた。

かといって女性がでたらめを語っているとは思えないし、また、そうする必要もない。

「『TAP』のホームページに通報欄がありますから、虐待現場を目撃したり噂を聞いたりしたらご一報ください。ご協力、ありがとうございました」

女性に礼を述べ、璃々は三階の居住者に移った。

『はい。なんですか？』

三〇一号室——若い男性の声が、スピーカーから流れてきた。

璃々はこれまでの居住者と同様に、身分を明かし、用件を伝えた。

『ミニチュアシュナウザーなら、西宮翔が飼ってますよ。よく、散歩させているのを見かけますし』

二〇五号室の女性と同じに、男性の口からは西宮翔の名前が出てきた。

「そのミニチュアシュナウザーちゃんに、変わった様子はなかったでしょうか？」

『ああ、痩せ過ぎかなと思いました』

男性が、璃々が待っていた答えを口にした。

「かなり痩せていましたか？」

『ミニチュアシュナウザーを飼ったことはないので比較はできないですけど、肋《あばら》が浮いて痛々しい感じはありましたね。だけど、虐待とかはないと思いますよ』

「どうして、そう思われますか?」

『どうしてって、いつも、ワンちゃんを凄くかわいがっているのがわかりますもん。一度散歩で一緒になったときも嬉しそうにワンちゃんのことを自慢していましたし、いい意味で親馬鹿って感じがしました。でも、あんなに売れっ子なのに芸能人ぶったところがなくていい人ですよ』

男性が西宮翔とミニチュアシュナウザーから受けた印象は、二〇五号室の女性とほぼ同じものだった。

その後、四人の居住者が在宅していて、一人がなにも知らないと答え、三人が西宮翔とミニチュアシュナウザーについて語った。

それまでの二人と同様に三人が語った内容は、ミニチュアシュナウザーが痩せているのは気になったが、西宮翔からは飼い犬にたいしての深い愛情が伝わり、虐待しているとは思えない……というものだった。

——動画のミニチュアシュナウザーがガリガリに痩せているのは、私にだってわかるさ。だが、それを虐待だネグレクトだと決めつけて行動に移すのは早計だと言っているのさ。もし、シュナウザーが痩せている原因が重篤な病気だったら? 病気の治療に一生懸命になっている飼い主に虐待を疑うようなことを言って、訴訟問題に発展したらどうするつもりだ?

不意に、兵藤の言葉が脳裏に蘇《よみがえ》った。

もしかすると、兵藤の言う通りなのかもしれなかった。

虐待でなければ、それに越したことはない。

一方で、判断を誤り虐待の事実を見落としてはならないと気を引き締める自分がいた。

『ターゲットが散歩に出てきました。どうぞ』

エレベーターのボタンを押そうとしたときに、腕時計型通信機から涼太の声が流れてきた。

「了解。すぐに合流するわ。どうぞ」

璃々は左手首を唇に近づけながら、エントランスを飛び出した。

この眼でたしかめれば、すべてがはっきりする。

璃々は自らに言い聞かせながら、およそ三十メートル先……「代官山アドレス」の前で手招きする涼太のもとへ走った。

3

「あの黒ずくめの男が、西宮翔だと思います」

代官山の洒落《しやれ》た街並みを旧山手通りに向かって犬を散歩させる男性の背中を指差し、涼太が璃々の耳元で囁いた。

璃々と涼太は、約五メートルの距離を空けて男性を尾行していた。

西宮翔らしき細身な男性の横を歩くミニチュアシュナウザーに、璃々は視線を移した。

ふらつく足取り、尖《とが》った尾骶骨《びていこつ》……涼太に言われなくても、痩せ細ったミニチュアシュナウザーを見れば男性が西宮翔であるのは間違いないとわかる。

「服を着ているのでわかりづらいですけど、かなりガリガリですね」

涼太の言う通り、ブルーの衣服越しにもミニチュアシュナウザーの異様な痩せかたがわかる。

「間違いなく、虐待っすね。あいつ、誠実、爽《さわ》やか路線で売ってるくせに、とんでもない裏の顔を持っていましたね」

涼太が、吐き捨てた。

「そうかしら……」

無意識に、璃々は呟《つぶや》いていた。

近所の住人が言っていたように、璃々の眼にもミニチュアシュナウザーが虐待されているようには見えなかった。

「え？　どういう意味ですか？」

涼太が、怪訝な顔を璃々に向けてきた。

「シュナちゃんを見てごらん。尻尾を振って、何度も飼い主を見上げてるでしょ？　あの仕草や信頼しきっている表情は、虐待されているワンコのものじゃないわ」

璃々はミニチュアシュナウザーを視線で追いながら、思いを口にした。

「信頼しきってるって……嘘でしょ!?　あんなにガリガリでフラフラになるほど餌《えさ》をあげてないのに」

涼太が、驚きの表情で言った。

璃々も同感だった。

ミニチュアシュナウザーの痩せかたは、愛情たっぷりに育てられているとは思えなかった。

だが、虐待されている犬ならば、飼い主との関係性が崩れ恐怖心や不信感が植え付けられているので、あんな穏やかな表情にはならないものだ。

西宮翔とミニチュアシュナウザーは、旧山手通りを右に曲がり、神泉町《しんせんちょう》交差点に向かっていた。

歩きながら、優しい口調でなにかを語りかけている。

「マスコミもいなければ、通行人もまばら」

璃々は、不意に呟いた。

「はい？」

涼太が、ふたたび怪訝な顔を向けた。

「この状況で好感度を上げる必要もないでしょう？　彼のシュナちゃんに話しかけるときの優しい眼差しや声音は、誰かの眼を意識してのものじゃないわ」

璃々は、涼太に、というよりは自らに言い聞かせた。

「たしかに、言われてみれば、西宮翔はずっとワンコに話しかけてますよね。ワンコも、嬉しそうに見上げているし……ということは、やっぱり、部長の言うように重篤な病気かなにかなんですかね？」

「そう考えるのが妥当なんでしょうけど……」

璃々は、言葉を切った。

「けど……なんですか？」

「とにかく、ここで予想合戦をしていても仕方ないわ。病気なら病気で、適切な治療を受けているのかどうかを確認しなきゃ」

言い終わらないうちに、璃々は駆け出した。

涼太の靴音が追ってきた。

西宮翔は、「代官山 蔦屋《つたや》書店」の敷地内に設置されたテーブルの椅子に腰を下ろした。

好都合なことに、周囲のほかのテーブルに人の姿はなかった。

西宮翔は携行用の給水器を足元に置くと、ペットボトルの水を注いだ。

ミニチュアシュナウザーはすぐに、音を立てながら水を飲み始めた。

この行動一つとっても、西宮翔が飼い犬を虐待しているようには見えない。

「あの、ちょっといいですか？」

璃々が声をかけると、西宮翔が顔を上げた。

「お寛《くつろ》ぎのところ、申し訳ありません。私、『東京アニマルポリス』の北川と申します」

璃々は名乗りながら、ＩＤ手帳を掲げた。

「ああ、犬のお巡りさん？」

西宮翔が言った。

彼の瞳から、動揺の色は窺えなかった。

「犬だけでなく、動物全般に纏《まつ》わる事件を扱っています」

「その動物のお巡りさんがなんの用？」

西宮翔に惚《とぼ》けているふうはなく、本当に心当たりがないようだった。

「いえ、特別に用はないのですが、たまたまワンちゃんをお見かけしたので。ミニチュアシユナウザーちゃんですよね？　凜々《りり》しい顔立ちをしていますね」

璃々は言いながら屈み、ミニチュアシュナウザーの頭を撫でた。

かわいがる意味で、そうしたのではない。

予想通り、掌が頭頂に触れた瞬間にミニチュアシュナウザーはピクリとした。

虐待を受けている犬は、触る直前に反応する場合が多い。

条件反射で、防衛本能が働くからだ。

だが、触られてからピクリとしたのは栄養失調による痙攣《けいれん》の一種だ。

「さすがは、アニマルポリスさんだね。ソルティは、インターナショナルチャンピオンの血を引いているんだ」

西宮翔の、キャップとマスクの間から覗《のぞ》く眼が柔和《にゅうわ》に細められた。

まるで、息子を溺愛《できあい》する母親のようだった。

「凄いですね！　そっか、あなたのパパはイケメンなのね～」

璃々は犬が喜ぶ高い声音で言いつつ、衣服の上からソルティの背中や脇腹を撫でた。

ソルティの身体は、タオル越しに木を触っているようだった。

「でも、ちょっと痩せ過ぎていませんか？」

璃々は、いま気づいたとばかりに切り出した。

「僕のこと？」

「いえ、ワンちゃんのことです」

「ああ、ソルティね。糖質制限してるんだ」

あっけらかんとした口調で、西宮翔が言った。

「糖質制限!?」

璃々は、思わず素頓狂な声で訊ね返した。

「ロカボダイエットだよ。聞いたことあるよね？　チャンピオン血統の子供がメタボだなんて、エリート家系の面汚《つらよご》しになっちゃうだろ？　人間だって、同じ四十歳でも二十歳の頃と変わらないスリムな人もいれば、見るも無残なビール腹になっている人もいるでしょ？　僕は、ソルティに醜《みにく》い姿になってほしくないんだよ。ね～ソルティ？」

西宮翔はソルティを抱え上げ、優しく背中を撫でつつ語りかけた。

「ロカボダイエット……ですか？」

璃々は、頭を整理する時間を稼《かせ》ぐために繰り返した。

飼い犬が異常に痩せている原因が、虐待でも病気でもなく糖質制限をさせているからという理由は予想していなかった。

「うん。もうわかっていると思うけど、僕は芸能人だしビジュアルにもこだわりがあるからさ。やっぱり、西宮翔の飼っている犬はそこらの犬と違うな、って思われたいしね。もちろん、ビジュアルばかりが理由じゃないよ。犬だって糖質を摂《と》り過ぎればいろんな病気にかかるし、健康を損《そこ》なったらかわいそうでしょ？」

西宮翔が、悪びれたふうもなく言った。

涼太が、困惑した顔を璃々に向けた。

その表情の意味は、璃々にもよくわかった。

どうするんですか？

涼太の心の声が、聞こえてくるようだった。

「たしかに、西宮さんのお気持ちもわかりますが、人間と同じで糖質制限も度が過ぎると逆に健康を損なってしまいます」

璃々は、上からの物言いにならないように気をつけた。

方法は間違っているが、西宮翔の行動の源はソルティへの愛情だ。

根気よく話せば、わかってくれるはずだ。

「だね。でも、大丈夫。僕も仕事柄、モデルさんの友人が多いからバランスの取れたレシピも組み立てているし。ね～ソルティ？」

「差し支えなければ、どういったレシピか教えて頂けますか？」

「ああ、いいよ。とりあえず、座れば？　君も」

西宮翔が屈託なく言うと、正面の椅子を璃々と涼太に勧めた。

「失礼します」

璃々は素直に従い、椅子に腰を下ろした。

長期戦になる覚悟をしなければならない。

「レシピ、レシピ……あ、これね」

操作していたスマートフォンを、西宮翔がテーブルに置いた。

「拝見させて頂きます」

璃々は身を乗り出し、ディスプレイを覗き込んだ。

朝　ササミボイル30グラム　ブロッコリーボイル20グラム
夜　ブロッコリーボイル20グラム　サプリメント
「これだけですか？」

隣で覗き込んでいた涼太と、顔を見合わせた。

璃々は敢《あ》えて、冷静な口調で訊ねた。

「うん、そうだよ。まあ、日によっては、ササミが鶏《とり》の胸肉になったりするけど基本的には低カロリー高タンパクのレシピだね」

「これだとヘルシー過ぎて、必要な栄養素が摂れないと思いますよ」

璃々は、やんわりと言った。

「そんなことないって。そもそも、人間もペットも糖質を摂り過ぎなんだよ。この食事でソルティは病気にもならずに健康的に暮らしているのがなによりの証明さ」

西宮翔が、自信満々に言い切ると不自然過ぎるほど白い歯を覗かせた。

「どこが健康的なんですか!? ガリガリで痛々しくて、見てられないですよ！」

それまで黙っていた涼太が、堪《たま》らずといった感じで口を挟んだ。

「君は、わかってないな。パグとかブルドッグなんかのポチャッとした体形と一緒にされたら困るんだよね」

西宮翔が、呆れたような顔を涼太に向けた。

「わかってないのは、あなたのほうですよ！ いまにも倒れそうなほどに痩せ細っているのが、わからないんですか!?」

珍しく、涼太が熱くなっていた。

気持ちはわかるが、戦略としては好ましくない。

「なんで、赤の他人の君にそんなふうに怒られなきゃならないんだよ？ 僕がソルティを虐待しているのならまだしも、摂取《せっしゅ》カロリーをコントロールしているだけでそこまで言われるのは心外だよっ」

「それが虐待だと言って……」

「やめなさいっ」

感情的に畳《たた》みかけようとする涼太を、璃々は制した。

いつもとは逆のパターン――暴走するのは自分で、止めるのは涼太の役目だった。

「でも……」

「いいから、言うことを聞いて。すみません、ウチの中島が失礼な物言いをしまして」

「まったくだ。いきなり犯罪者扱いされて、気分が悪いよ」

「犯罪者扱いはしていません。ですが、私達は命の危険にかかわる健康状態のペットを発見したら飼い主さんに事情をお聴きしなければならないんです」

「ソルティが命の危険にかかわる健康状態!?　冗談だろう!?」

西宮翔が、欧米人のリアクションさながらに肩を竦めた。

「いいえ、私達は真剣です。ソルティちゃんの痩せかたは度を越してます」

璃々は、敢えて淡々とした口調で言った。

「だから、何度同じことを言わせるんだよ?　ソルティにはロカボダイエットさせているから普通の犬より体脂肪が少ないだけさ。一般的な女の子の体形を基準に、モデルが痩せ過ぎとか不健康とか論じるのはナンセンスだってこと。悪いけど、人と待ち合わせがあるからそろそろ……」

「あなたの言うモデルの世界でも、ダイエットのし過ぎで女性が亡くなって問題になったことがあるじゃないですか?」

璃々は、西宮翔を遮り言った。

「馬鹿らしい、それとこれとは……」

「同じです。背骨や肋骨の浮きかたや歩様《ほよう》の乱れを見ても、ソルティちゃんは明らかに栄養が不足しています。頭を撫でたときに痙攣みたいに反応するのも、血糖値が著しく低下しているのが原因です」

ふたたび、璃々は西宮翔を遮り説明した。

「アニマルポリスだからって、獣医師でもあるまいし、なんでそんなことがわかるのさ？」

「私は、動物医療の専門学校に通って看護師の資格を取りましたから。動物医療の専門家として言わせて貰いますが、ソルティちゃんの食生活をすぐに変えないと取り返しのつかない事態になりますよ？」

「はいはい、わかったよ」

「ふざけないで、真剣に聞いてください」

「だから、ソルティにシュークリームとか練乳とか与えればいいんでしょ？」

西宮翔が、人を小馬鹿にしたように言った。

「ソルティちゃんを、殺す気ですか？」

璃々は西宮翔を見据え、押し殺した声で言った。

「な、なんだよ、人聞きが悪いなっ。僕がソルティを殺すわけないじゃないか！」

熱《いき》り立つその姿は、演技ではないようだった。

「もちろん、西宮さんが故意にやっていないのはわかっています。ですが、このままの食生活を続けたらソルティちゃんは命を落としかねません。愛犬のビジュアルを気にするのも結構ですが、ソルティちゃんが体調を崩して万が一のことがあったら……」

「わかったよ。気をつけるようにするから、そんな縁起の悪い話はやめてくれ」

いら立ったように、西宮翔が璃々を遮った。

「気をつけるとは、具体的にどうされるんですか？」

すかさず璃々は、話を詰めた。

「栄養価の高いドッグフードを与えるってことだよ」

面倒臭そうに、西宮翔が吐き捨てた。

「わかって頂き、ありがとうございます。では、早速……」

璃々は言葉を切り、用意してきたエコバッグから缶詰の流動食を三個取り出しテーブルに置いた。

「なに、これ？」

缶詰に視線を落とした西宮翔が、訝しげに訊ねてきた。

「高カロリーの栄養食です。ソルティちゃんは胃袋が小さくなっていると思いますから、いきなりドッグフードを与えたら消化不良を起こしてしまうので、まずは流動食で慣らしてください」

「冗談じゃないっ、高カロリーの流動食なんて、太るじゃないか！」

「太らせるために、与えるんです！」

璃々は、初めて大声を出した。

「栄養価の高いドッグフードを与えるというのは、嘘だったんですか⁉　こんな状態だと、ソルティちゃんを保護することになります」

「保護⁉」

西宮翔が、素頓狂な声を上げた。

「虐待されているペットは、動物愛護管理法で強制的に保護できることになっています」

「そんな勝手な……」

「保護だけではなく、ペットにたいしての虐待を改めない場合は逮捕することもあります」

「逮捕だって⁉」

璃々の言葉に、西宮翔の顔から血の気が引いた。

「ええ。ただし、私達の指導に従わない場合です。私達の目的はソルティちゃんの健康を取り戻すことなので、西宮さんが改心してくだされればこれまで通りソルティちゃんと暮らせます」

「嫌だと言ったら？」

「いますぐソルティちゃんを保護します。抵抗した場合、動物虐待の容疑で逮捕します」

璃々は、取り付く島もない口調で告げた。

西宮翔は、苦悩の表情でソルティをみつめていた。

「先輩、ちょっといいですか？」

涼太が席を立ち、璃々を促した。

テーブルから十メートルほど移動したところで、涼太は立ち止まった。

「なによ？」

「今日の先輩、変ですよ」

「どこが変なのよ？」

「いつもならすぐにペットを保護するのに、どうして西宮翔に戻すんですか？　まさか、ファンとかじゃないですよね？」

涼太が、疑わしそうな眼を向けてきた。

「馬鹿ね。そんなこと、あるわけないじゃない」

璃々は、鼻で笑った。

「だったら、どうして保護しないいんです？　中富光江のときは物凄い剣幕で怒鳴りつけて、交番にまで連行したのに」

「それは、彼女の場合は動物にたいして愛情のかけらもなく、ストレス発散のために虐待し、しかも、そのことについての反省の念がなかったからよ」

「反省してないのは、彼も同じでしょ？　あんなにガリガリに痩せるほど餌をあげてないのに、先輩の渡した栄養食も拒絶していたじゃないですか？」

「それはそうだけど、中富光江との違いは西宮翔には愛犬への愛情があるということよ。メタボ体形にしたくない、糖尿病にしたくない、かっこいいビジュアルでいさせたい……栄養失調にさせている言い訳にはならないけど、ソルティのことを考えていることだけはたしかよ。ただ、愛情の方向性が間違っているだけ。私達の役目は、闇雲に飼い主と愛犬を引き裂くことじゃないの。どんなに至らない人間でも、ワンコからしたら最愛のパートナーなんだから」

　璃々は、西宮翔に視線を移した。

　ソルティは膝《ひざ》の上でリラックスし、ときおり主人の顔を愛《いと》おしそうに見上げている。

「ろくに餌をあげない虐待男を、最愛のパートナーだと思いますかね？」

　涼太が、呆れた顔で言った。

「人間から見たら、そうでしょう。でも、餌の時間にササミや鶏の胸肉を貰っているわけだし、ソルティからしたら西宮翔は餌を与えてくれる人よ。ただ、カロリーや糖質が不足しているだけの話で、それは栄養面から見たら問題でしょうけどソルティには関係ないの。散歩もするし愛情深く接しているし、ソルティは彼のことが大好きなはずよ。中富光江のときと違って私がすぐに保護しないのは、西宮翔のためじゃなくてソルティのためなの。低血糖症や栄養失調で命が危ないというのは人間サイドの判断で、いきなり引き離したらソルティが精神的に参ってしまうわ」

「なるほど。たしかに、言われてみたらそうかもしれませんね。悪意なく間違った知識で餌をあげているだけで、心からソルティをかわいがっているわけですから……そういうことですよね？」

涼太の問いかけに、璃々は頷いた。

「だから、普通の虐待と違って難しいのよ。なんとか、彼に気づかせないと……」

「もう、帰っていいかな？」

焦れたように、西宮翔が声をかけてきた。

「ごめんなさい、もう少し、お付き合いください」

言いながら、璃々はテーブルに戻った。

「では、改めて説明します。この缶詰を今夜すぐに与えてください。欲しがっても、消化器官が弱っているので嘔吐《おうと》や下痢《げり》をしてしまうかもしれませんから、一缶だけにしてください。それで、残りの二缶は明日の午前中と午後にあげてください」

「わかったよ」

今度は素直に、西宮翔が従った。

ソルティと引き離されるのは嫌なのだろう。

「明日、ご自宅には何時頃戻られますか？」

「最後の番宣収録が赤坂《あかさか》の局で七時頃に終わる予定だから、九時までには戻れると思う」

「では、その頃に伺います」

「え!?」

璃々の言葉に、西宮翔が弾かれたように顔を向けた。

「今夜と明日の合計三回の食事風景を、動画で撮影してください。伺ったときに、チェックさせて頂きます」

「もしかして、僕を疑っているのか!?」

西宮翔が、憮然《ぶぜん》とした表情で訊ねてきた。

「すみません、ソルティちゃんを保護しない代わりにご協力ください。きちんと餌をあげているかを疑っているわけではなく、食べている様子でソルティちゃんの状態もわかりますから」

璃々は、事務的に言った。

フォローはしたが、西宮翔を信用していなかった。

ソルティの体調は予断を許さず、いまのままだといつ重篤な状態に陥っても不思議ではない。

極端な話、今夜倒れて死んでしまうということもありうるのだ。

「僕を信用してくれないか？　君達も知っての通りハードスケジュールだから、いちいち動画撮影なんて……」

「ソルティちゃんの命を助けるためです！　死んでから後悔しても、遅いんですよ！」

璃々は西宮翔を遮り、一喝した。

ソルティのために一日二度の散歩も欠かさない西宮翔が、食事風景を撮影するくらいの時間を惜しむわけがない。

動画撮影を渋る理由――この期《ご》に及んでまで、太らせないために璃々の用意した高カロリーの栄養食を与えないつもりなのだ。

「とにかく、明日の九時頃マンションに伺います。缶詰を与えなかったり、動画を撮影しなかったり、不在だった場合、理由を問わずにソルティちゃんを保護します」

璃々は畳みかけるように、西宮翔に警告した。

「そんな、横暴な……」

西宮翔が、強張った顔で呟いた。

「横暴？　ソルティちゃんに栄養価の高い缶詰を与えてくださいとお願いしていることを、あなたは横暴と受け取るんですか？　やっぱり、西宮さんはソルティちゃんに缶詰を与えないつもりだったんですね……」

璃々の言葉尻が、押し殺していた激憤に震えた。

「西宮さん、あなたは間違ってます！　体形がどうの、メタボがどうの……あなたが言っていることはすべて詭弁《きべん》ですっ」

それまで冷静さを保っていた璃々の脳内で、抑制していた感情がスパークした。

「肥満体でもあるまいし、ソルティちゃんに糖質制限が必要かどうかちょっと考えればわかることですよね⁉　あなたが心配しているのは、ソルティちゃんの健康状態なんかじゃなくて体形でしょう⁉　モデルの彼女を連れて自慢する男の人と同じで、アクセサリー感覚で連れて歩きたいだけですっ。犬は、飼い主に無償の愛を捧《ささ》げます。栄養が足りなくてふらふらしていても、ソルティちゃんはあなたを信頼し、あなたを愛してるんです！　ササミやブロッコリーを少量では、脳に必要な栄養も行き届かず意識は朦朧《もうろう》とし身体もきついと思います。それでも、西宮さんと一緒にいたくてソルティちゃんは懸命に歩いてるんですよ⁉　それなのに、あなたはまだソルティちゃんの健康よりビジュアルを重視するんですか！」

璃々はテーブルを叩き、椅子から腰を上げた。

「先輩、もうちょっと声のボリュームを落としましょう……周りの人が、びっくりしてますよ」

さっきまで興奮していた涼太が冷静になり、璃々のなだめ役に回った。

だが、感情のアクセルを踏んだ璃々は激憤のブレーキが利かなかった。

「イケメン俳優だか抱かれたい俳優ナンバーワンだか知りませんが、健気《けなげ》なパートナーの命と引き換えに外見を磨くことばかりに囚《とら》われるなんて、西宮さん、あなたの心は醜く不細工ですよ！」

璃々が罵倒《ばとう》し指差すと、西宮翔が周囲の眼を意識するように首を巡らせた。

「えっ、西宮って、あの西宮翔!?」

「かっこいいし顔ちっちゃ！」

「嘘みたい！　西宮翔が目の前にいるなんて！」

「なにを揉めてるの？」

「犬を大事にしてないとかなんとか怒られてるっぽい」

「あの女、なに？　翔君に偉そうに！　警備員？」

「お巡りさんって、あんな制服だったっけ？」

「『TAP』だよ、『TAP』」

「『TAP』ってなに？」

「『東京アニマルポリス』とかいう、ようするに動物警察だよ」

「動物警察!?　なんだそりゃ？」

周辺に人だかりができ始め、そこここからひそひそ話が聞こえた。

「わかった……わかったから、もうやめてくれ。ちゃんと缶詰をあげるし、動画も撮るから」

西宮翔は小声で言うと、ソルティを抱いたまま立ち上がった。

「では、明日、九時に……」

「もう、わかったから」

念を押そうとする璃々を遮り、西宮翔が逃げるように駆け出した。

「あっ、ちょっと……」

「先輩、ちゃんとするって約束したんですから、明日まで待ちましょう」

涼太が、璃々を窘《たしな》めた。

「途中までは冷静だったのに、これじゃいつもと同じじゃないですか？　まったく、さっきまで俺に偉そうに諭していたくせに……」

涼太が、呆れた口調で言った。

「だって、ワンコに生命の危険が迫っているって教えてあげてるのに、あそこまでカロリーや糖質にこだわるなんて、さすがにキレるわよ！」

怒りが収まらず、璃々は掌でテーブルを叩いた。

「それにしても、先輩は極端過ぎるんですよ。俺の西宮さんにたいしての憤《いきどお》りなんて、どこかに吹き飛んでしまいましたよ。とにかく、人目がありますからここを離れましょう」

涼太に促され、足を踏み出す璃々にスマートフォンを向ける者がちらほらといた。

「見せ物じゃないの！　盗撮容疑で逮捕するわよ！」

璃々は野次馬に一喝した。

「もう〜先輩……勘弁してくださいよ〜」

半泣き顔で涼太が、璃々の腕を引いた。

4

「それにしても、凄いマンションですね……これ、家賃は軽く五十万は超えてそうですよ。西宮翔って、まだ、二十五歳とかでしょ？　俺と二つしか変わらないのに……」

涼太が、空高く聳《そび》えるタワーマンション……「ハイクラス代官山」を恨《うら》めしそうに見上げながらため息を吐いた。

璃々は、スマートフォンのデジタル時計に眼をやった。

午後九時三十分。

昨日、西宮翔が戻っていると言った時間より三十分ほど遅れて訪ねた。

「妬《ねた》み嫉《そね》みはあとにしなさい。行くわよ」

璃々は涼太の背中を叩き、「ハイクラス代官山」のエントランスに入った。

エントランスは大理石張りで広々としており、ホテルのコンシェルジュ的な黒服のスタッフまでいた。

「西宮翔の部屋は一八〇五号です。あそこが一つ目のオートロックです」

涼太がエントランスホールの奥を指差した。

「オートロックが二つあるってこと？」

「いいえ、四つです。芸能人やスポーツ選手がたくさん住んでいるから、セキュリティが半端ないんですよ」

「四つ……火事や地震になったら逃げ遅れるんじゃないの？」

呆れた口調で言いながら、璃々はオートロックのガラス扉の前で足を止めた。

「それより、西宮翔はいますかね？　居留守使って、撮影が押したとかなんとか適当な言い訳をするつもりじゃないんですか？」

涼太が、不安げに言った。

「それはないでしょう。いかなる理由があっても今夜、動画を確認できなかったらソルティを保護すると警告したし、実際、約束を破ったら実行するしね」

「だといいんですが……」

涼太が言いつつ、オートロックボードのルームナンバーキーを押した。

『あ、待ってたよ。遅かったじゃん。入って』

涼太の不安は杞憂《きゆう》に終わり、インターホンのスピーカーからすぐに西宮翔の声が流れてきた。

ロックが解錠されるモータ音に続いて、涼太がガラスドアを開けた。

二つ目、三つ目、四つ目のドアロックが解錠され、璃々と涼太はエレベーターホールに辿《たど》り着いた。

「やっぱり、先輩の脅《おど》しが利いたみたいですね」

エレベーターに乗り込むと、涼太が安堵《あんど》の表情で言った。

作動音もなくエレベーターは上昇し、オレンジに染まる階数表示の数字が猛スピードで移動した。

18が染まったところでエレベーターは止まり、すっと扉が開いた。

「なんか、ゴトゴト音がする中古の軽自動車みたいなウチのマンションのエレベーターとは大違いで、ロールスロイスの乗り心地ですね」

ベージュのカーペットが敷き詰められた共用廊下を歩きながら、涼太が言った。

「あんた、ロールスロイスなんて乗ったことあるの？」

「あるわけないじゃないですか」

「じゃあ、乗り心地なんてわからないでしょ。適当なんだから」

「イメージですよ、イメージ。一八〇五……ここですね。なんか、ドアの材質まで庶民のマンションとは違いますね」

軽口を叩く涼太がインターホンを押そうと手を伸ばしたときに、いきなりドアが開いた。

「とりあえず、入って」

「アディダス」の黒のセットアップ姿の西宮翔が、璃々と涼太を招き入れた。

「すご……」

思わず、涼太が呟いた。

無理もない。

ベージュの大理石張りの沓脱場《くつぬぎば》だけで、三畳はありそうな広さだった。

「約束、守ってくれましたか？」

璃々が訊ねると、西宮翔が頷いた。

「ありがとうございます。では、早速、動画を……」

「動画は撮ってないよ」

「えっ……それじゃ約束が違うじゃないですか⁉　約束を守って頂けないときは、ソルティちゃんを保護すると警告しましたよね？」

璃々は気色《けしき》ばみ、詰め寄った。

「落ち着いてよ。動画は撮ってないけど、約束は守ったから」

悪びれたふうもなく、西宮翔が言った。

「どういう意味ですか？」

「ソルティは、きちんと飼育できる知り合いに譲ったよ」

「えっ……」

西宮翔の予想外の言葉に、璃々は絶句した。

「わかったんだよ。結局、原因は僕だから、一番いい解決策は責任を持って飼える人に育てて貰うことだってね」

西宮翔が、人を食ったように口角《こうかく》を吊り上げた。

5

路肩に停めた車のフロントウインドウ越し――「ハイクラス代官山」のエントランスに璃々は、厳しい視線を向けていた。

車は西宮翔にバレないように、「TAP」とロゴの入った専用車からレンタカーのプリウスに替えていた。

「あの……いつまで、張るつもりですか？」

ドライバーズシートから、遠慮がちに涼太が訊ねてきた。

「出てくるまでよ」

璃々は、エントランスに視線を張りつけたまま素っ気なく言った。

「出てくるまでって、西宮翔とソルティのことですか？」

「決まってるでしょ！」

いらついた口調で、璃々は吐き捨てた。

「マジですか〜」

涼太が、長いため息を吐いた。

「ねえ、先輩、今日は帰りませんか？　俺も、西宮翔がソルティを知人に譲ったなんて話は信じてませんよ。だけど、先輩の眼を欺《あざむ》くための嘘だとしても、誰かに預けている可能性が高いと思います……っていうか、現に、部屋の中にいなかったじゃないですか？　ね？　また、明日、出直したほうがいいですって」

――知り合いに譲ったなんて見え透いた嘘を、私達に信じろというんですか？

諭すような涼太の声に、記憶の中の自分の声が重なった。

――まあ、疑うだろうね。中へ入っていいよ。気の済むまで探せば。

余裕の表情で、西宮翔が言った。

西宮翔の部屋は、３ＬＤＫだった。

それぞれの部屋はもちろん、トイレ、シャワールーム、クロゼット、バルコニーまでチェックしたがソルティはいなかった。

「部屋にいないのは、わかってるわよ」

「だったら、どうして……」

「私達がきている間だけ、一時的にどこかに預けている可能性があるでしょ？」

涼太に最後まで言わせず、璃々は推理を口にした。

いや、推理というよりも確信に近かった。

「一時的にどこかに預ける？」

鸚鵡返《おうむがえ》しに、涼太が言った。

「友人とか彼女とか事務所関係者とかペットホテルとか……その気になればソルティを一時的に預ける相手はいくらでもいるわ」

璃々は、ソルティの預け先の可能性がある場所を一気に挙げた。

「なるほど。たしかに、それはありえますね。ただ、そうだとしても、今日は預けたままにして、明日以降、こっちが忘れた頃に引き取りに行くと思いますよ」

「あなた、犬を飼ったことないわけ？」

璃々は、涼太を睨みつけた。

「え？　実家にいるときにトイプードルを……なんで、そんな怖い眼で見るんですか？　俺、なんかまずいこと言いました？」

涼太が、不安げに訊ねてきた。

「ワンコの世話は親に任せっぱなしだったクチね」

「どうして、わかったんですか？」

「ワンコを一度でもパートナーとして育てていた経験があるなら、病気で入院させる以外は誰かに預けるのは心配だから、一分でも早く迎えに行きたくなるものよ」

「すみません……なんか、俺、薄情な男みたいですね。でも、西宮翔は映画の撮影とかで地方に行くことが多いから、ソルティを預けるのは慣れているんじゃないんですか？」

璃々は、無言でスマートフォンを涼太に向けた。

ディスプレイには、保存していた西宮翔のインスタグラムの画像が表示されていた。

「西宮翔とソルティのツーショットじゃないですか。これがなにか？」

怪訝そうな顔を、涼太が璃々に向けた。

「鈍《にぶ》いわね。沖縄ロケにソルティを連れて行ったときの写真よ。ほかにも、京都、広島、北海道……仕事でロケに行くときは、必ずソルティを連れて行ってるわ」

璃々は、ディスプレイの画像をフリックしながら言った。

「マジですか!?」

涼太が、眼をまん丸に見開いた。

「糖質制限ダイエットをさせている以外は、西宮翔はあなたなんて比較にならないほどの愛犬家ってことよ」

「凄く、罪深い男になった気分で落ち込みます」

涼太がうなだれた。

「あなたは単純で軽率だけど、薄情でも罪深くもないわ。それより、今夜中に西宮翔に動きがある可能性が高いってわかった？」

「先輩の話を聞いているうちに、そんな気分になってきました」

「なら、仮眠していいわよ」

「え？」

「今夜中といっても、五分後かもしれないし五時間後かもしれないから」

「……お言葉に甘えます」

ため息を吐きつつ、涼太がシートを倒して眼を閉じた。

「動きがあったら起こすから」

璃々は言うと、車を降りてマンションのエントランスに向かった。

☆

涼太が仮眠を取り始めてから二時間が過ぎても、西宮翔に動きはなかった。

璃々は、エントランスのメイルボックスがあるエリアで待機していた。

誰かが出入りするたびに、郵便物を取りにきた住人を装った。

西宮翔がマンションから出てくるチェックだけでなく、エントランスに入ってくる者でソルティが入りそうなケージやバッグを持っている場合はエレベーターホールまであとを追い、何階で降りたかを確認するつもりだった。

二時間の間に、中年男性が三人と若い男性が二人と若い女性が三人入ってきてエレベーターに乗ったが、みな、西宮翔の部屋がある十八階以外の階で降りた。

つけ加えれば、彼らが持っていたのはビジネスバッグ、トートバッグ、ポーチで、ソルティを隠しようがなかった。

足音がした。

一人ではなく二人……恐らくスニーカーとヒールの足音だ。

ほどなくして、璃々の推測通りに若いカップルが腕を組みエントランスに現れた。

「フランス、愉《たの》しかったね」

「うん、また、来年行こう」

二人の会話から察して、海外旅行の帰りのようだ。

男性が黒のキャリーケースを引き、女性は手ぶらだった。

カップルをターゲットから外そうとした璃々の中で、違和感が芽生《めば》えた。

男しかキャリーケースを持っていないことが引っかかった。

璃々は、カップルのあとに続きエレベーターに乗った。

「何階ですか？」

男性が階数ボタンを押さずに、璃々に訊ねてきた。

いいふうに取ればレディファーストだが、璃々には自分の行き先を知られたくないように思えた。

「すみません。十七階をお願いします」

璃々は、一つ下の階を口にした。

十八階のボタンを押した男性も女性も、二十代前半に見える。

二人とも芸能人といってもいい整った顔立ちをしていたが、テレビや雑誌でも見覚えがなかった。

芸能人でなければ……いや、芸能人であっても変装が必要なほどに売れていなければこれだけの高級マンションの家賃は払えないだろう。

「ありがとうございます」

璃々は礼を述べ、十七階に降りた——すかさず、非常口に出て階段を駆け上った。

スマートフォンを取り出し、リダイヤルキーをタップした。

『ほあい……』

三回目のコール音が途切れ、受話口から涼太の寝ぼけ声が流れてきた。

「ほぁいじゃないわよ。出入りする人について、できるだけ早く十八階にきて」

一方的に言うと璃々は電話を切り、非常口のドアを薄く開けた。

視界に西宮翔の住む一八〇五号のドアが入るのは、前回にきたときに確認済みだった。

エレベーターのドアが開く音に続き、複数の足音が聞こえてきた。

璃々の予想通り、さっきのカップルが視界に現れ一八〇五号室の前で足を止めた。

男性がインターホンを押すと、すぐにドアが開いた。

「おお！　待ってたよ！」

外に出るなり西宮翔は二人には眼もくれず跪《ひざまず》き、キャリーケースのファスナーを開けた。

璃々はスマートフォンの録画機能をオンにし、撮影を開始した。

キャリーケースの中からは、クレートが現れた。

「ごめんな～、ソルティ～。いい子にしてたか？」

言いながらクレートの扉を開けた西宮翔が、ソルティを抱き上げ頬ずりをした。

「おいおい、せっかく世話してやったのに、俺達のことは無視かよ？」

「そうよ。大変だったんだからね〜」

二人が、不満をぶつけた。

もちろん、本気でないのは笑顔で言っていることでわかった。

「世話代をたっぷり払ってるだろ?」

「まあね。ねえねえ、ソルティってさ、ガリガリ過ぎない?　ほら、見てよ、肋が浮いてるわ。もっと食べさせないとかわいそうよ」

女性が屈み、ソルティの脇腹を指差した。

「それより、よけいな食べ物とかあげてないよな?」

西宮翔が、ソルティの耳の裏を揉みながら訊ねた。

「ああ、貰った餌しかあげてないよ。でもさ、あんなんで栄養足りてるのか?」

男性が心配そうに言った。

「十分に足りてるよ。毎日、朝夕の散歩で二キロは歩いているしな。百メートルの距離も車でしか移動しないお前よりよっぽど健康的だし。お前ら、『TAP』の女みたいなこと言うなよ」

うんざりした口調で、西宮翔が言った。

「『TAP』の女ってなんだよ?」

男性が訊ねた。

「TAP」の存在を知らないということは、西宮翔はソルティを預ける理由を二人に話していないに違いない。

「なんでもない。ソルティはずっとこれで問題なくきてるし、平気だから。だいたい、日本人は犬に餌をあげ過ぎなんだよ。メタボ腹のおっさんみたいにぶくぶくぶくぶく太るほうが百倍かわいそうだって」

「それにしても……」

「ミク、もういいじゃん。俺らがどうこう口出しする問題じゃないよ。翔がそれでいいと言ってるんだからさ」

なにかを言おうとした女性を、男性が窘《たしな》めた。

「とにかく、面倒を見てくれてありがとう。また、改めて礼をするからさ。じゃあ、明日も撮影早いから」

璃々はスマートフォンの録画機能を停止し、勢いよく非常口のドアを開けた。

「『東京アニマルポリス』よ！」

「TAP」のID手帳を掲げながら歩み寄る璃々を、三人が弾かれたように振り返った。

怪訝そうな二人とは対照的に、西宮翔だけは顔面蒼白《そうはく》になっていた。

「『東京アニマルポリス』って……動物の警察？」

男性が誰にともなく訊ねた。

「西宮翔さん、あなたを、動物愛護管理法違反、動物虐待の現行犯で逮捕します！」

璃々が罪状を告げるのとほとんど同時にエレベーターのドアが開き、涼太が駆けつけた。

「翔が逮捕!?」

女性が素頓狂《すっとんきょう》な声を上げた。

「ふ、ふざけるなよっ。どうして、なにも悪いことしてないのに、逮捕されなきゃならないんだよ!?」

西宮翔が、血相を変えて食ってかかってきた。

「警告したはずですよ。私が指示した通りのドッグフードをあげて、動画に撮影しなければ逮捕しますと！」

「だ、だから、ちゃんと責任持って世話できる知り合いに譲ったって、説明したじゃないか！　彼らにちゃんと栄養価の高いドッグフードを与えるように伝えたし、たまたま近くに寄ったから顔を見せにきてくれただけだよ。な……なあ？　そうだろ？」

西宮翔が、男性に同意を求めた。

「あ、ああ……そうそう」

「え？」

慌てて口裏を合わせる男性を、女性が怪訝な顔で見た。

「ほら！　僕の言った通りだろう？　それとも、ソルティと会っても罪になっちゃうのか⁉」

西宮翔が、必死に居直って見せた。

「ちょっと、翔も健太《けんた》もなに言ってるの？　私達は……」

「馬鹿っ、お前は余計なこと言うな！」

真実を告げようとする女性を、男性が一喝した。

「とにかく、ソルティは健太が飼うことになったし、もう、僕は関係ないから。だから、あんたも僕に構わないでくれよ。じゃあ、僕、明日早いからこれで……」

西宮翔が玄関に駆け込み閉めかけたドアを、涼太が爪先《つまさき》で阻止《そし》した。

「なにするんだよ⁉　これ以上しつこくすると、逆に警察に通報するからな！」

「いいですよ。そのほうが、手間が省けます。どの道、あなたを警察署に引き渡さなければならなくなるかもしれませんから」

「け、警察⁉　だって、あんたら動物の警察じゃないのかよ⁉」

「『TAP』で逮捕した容疑者で反省が見られない場合は、警察に引き渡したあと、刑に服して貰うこともありますので」

璃々は、淡々とした口調で言った。

「だ、だとしても、それは僕が罪を犯した場合だろう⁉　さっきから言ってるように、ソルティは健太に譲ったし、僕はなにも悪いことはしていない！　健太だって、そう証言した……」

璃々はスマートフォンを掲げ、動画の再生キーをタップした。

『それより、よけいな食べ物とかあげてないよな？』

『ああ、貰った餌しかあげてないよ。でもさ、あんなんで栄養足りてるのか？』

スマートフォンから流れる自らの声に、西宮翔の顔が強張った。

『十分に足りてるよ。毎日、朝夕の散歩で二キロは歩いているしな。百メートルの距離も車でしか移動しないお前よりよっぽど健康的だし。お前ら、「TAP」の女みたいなこと言うなよ』

『「TAP」の女ってなんだよ？』

『なんでもない。ソルティはずっとこれで問題なくきてるし、平気だから。だいたい、日本人は犬に餌をあげ過ぎなんだよ。メタボ腹のおっさんみたいにぶくぶくぶく太るほうが百倍かわいそうだって』

「もっと、流しましょうか？」

璃々は、動画の停止キーをタップしながら言った。

西宮翔が、無言のままうなだれた。

「ソルティちゃんは、いったん、保護します」

璃々は言うと、西宮翔の腕からソルティを抱き上げた。

ミニチュアシュナウザーと思えないほど、ソルティの身体は軽かった。

眼を閉じていれば、トイプードルを抱いているような錯覚に襲われた。

璃々が目顔《めがお》で合図すると、涼太が西宮翔の手首に革手錠をかけた。

「あの……今回だけ、許してあげて貰えないですか？　預かった俺らにも責任はありますし」

遠慮がちに、友人……健太が璃々に言った。

「いいえ、あなた達は事情を知らずに預かっただけですから、責任はありませんよ」

璃々は、穏やかな顔を二人に向けた。

「でも、こんなに痩せているソルティを見ているのに、どこにも報《しら》せなかったわけですから」

健太が執拗《しつよう》に食い下がった。

「そうですね。少しでも異変を感じたら西宮さんに直接意見をして、それでも聞き入れてくれなかったら、ウチか動物愛護団体に相談するべきでしたね」

「すみませんでした……」

　健太が頭を下げた。

「わかって頂けたなら、それで結構です」

「じゃあ、翔も許して貰えるんですか？」

「彼はだめです。再三の警告を無視して、ソルティちゃんに栄養価の高い餌をあげずに命の危険にさらしたわけですから」

　璃々は、厳しい口調で言った。

「でも、翔は仕事が仕事だから、逮捕なんかされちゃうと大変なことになってしまうんですっ」

「お気持ちはわかりますが、動物の命には代えられません」

「なら、ソルティの世話は俺がしますよっ。それなら、いいでしょう？」

「なに言ってるの!?　ウチのマンションはペット禁止でしょう!?　半日だけっていう話だったから、特別に預かったんじゃない」

　それまで黙っていた女性が、健太を窘めた。

「お前は、黙って……」

「彼女さんの、言う通りです」

　璃々は健太を遮った。

「ペット禁止の家で、まともな飼育ができるとは思えません。いえ、ペットがＯＫの環境であっても、あなたの申し出は受け入れられません。ソルティちゃんの栄養状態は命にかかわるほど悪くなっています。だからこそ、飼い主さんから引き離して保護するのです」

「そうですよね……」

健太が、力なく呟いた。

「保護って、どのくらいだよ⁉」

西宮翔が、突然、大声で訊ねてきた。

「ソルティちゃんの体調が安定するまでです。一度に普通の食事をさせると身体が受けつけないので、少しずつ栄養価が高い食事を与えていくので……最低でも一ヵ月はかかります」

「そんなに⁉」

「勘違いしないでください。体調が安定したからといって、西宮さんにソルティちゃんを戻せるわけではありません」

璃々は、きっぱりと言った。

「はっ⁉　じゃあ、いつになったら戻せるんだよ⁉」

西宮翔が気色ばんだ。

「それは、あなた次第です。改心せずに刑に服すことになれば、当然、その期間はソルティちゃんを戻せません。二ヵ月なのか三ヵ月なのか……または、それ以上か。ソルティちゃんと一日でも早く暮らしたいのなら、愛犬を自らのエゴで命にかかわる状態に追い込んでしまったことを心から反省してください」

「ふざけんな！　僕はソルティのことを考えて糖質制限をやってきたんだ！　ソルティが道行く人にかっこいいと思われたい、ソルティに成犬病になってほしくない、そう思うのがエゴなのかよ⁉　僕のソルティにたいする愛情を、どうして虐待扱いされなきゃならないんだ！」

怒髪天《どはつてん》を衝《つ》く勢いで、西宮翔が反論した。

「同じことを何度言わせる気⁉　その愛情のかけかたが間違っていて、ソルティちゃんが死にそうなほど衰弱しているのがわからないの⁉　西宮さんのエゴじゃなくてソルティちゃんへの愛だというのなら、体重が増えても同じように愛すべきでしょうが！」

我慢の限界——それまで冷静な対応だった璃々は、荒っぽい言葉遣いで西宮翔を一喝した。

「もういい！　ソルティは戻さなくていいから、あんたらが育ててくれ！」

唐突に、西宮翔が居直った。

「あんたらが育ててくれって……それは、どういう意味かしら？」

璃々は、押し殺した声で訊ねた。

「だから、そのままの意味だよ！　何ヵ月もカロリーの高いドッグフードを与えたら、ぶくぶく太ってしまうだろ⁉　そんなの、ソルティじゃないから戻さなくていいって言ったんだよ！」

西宮翔の言葉に、璃々は耳を疑った。

「あなたを、買い被っていたようね」

璃々は、怒りに震える声音で言った。

「なにを言ってるんだっ。散々、人のこと虐待者扱いしておきながら！」

「糖質制限云々《うんぬん》も間違ってはいるけど、ソルティちゃんへの愛があなたの根底にあると思いたかった。でも、違ったわ。あなたは、理想通りのソルティちゃんを愛しているんであって、それ以外のソルティちゃんのことは愛していない……つまり、あなたには自己愛しかなくソルティちゃんはアクセサリーに過ぎなかったのよ！」

「僕の犬にどんな愛情のかけかたをしようがあんたらには……」

「車に連れて行って！」

逆ギレする西宮翔を遮り、璃々は涼太に鋭い声で命じた。

「すみませんが、参考人としてお話を聞きたいので、ご同行お願いしてもいいですか？」

璃々は、硬い表情で立ち尽くしている二人に言った。

「私達も、捕まるんですか⁉」

女性が、強張った顔で訊ねてきた。

「いいえ。ご安心ください。預かったときの経緯をお伺いするだけです」

璃々が言うと、二人が安堵の表情になった。

突然、腕の中でソルティが暴れ飛び下りた。

「あっ……どこに行くの!?」

璃々はソルティを追った。

エレベーターを待つ西宮翔に向かって走り出したソルティが、足を縺《もつ》れさせて転倒した。

「ソルティ！」

西宮翔が駆け寄るより先に、ソルティが懸命に立ち上がりよろよろとふたたび走り出した。

「大丈夫か!?　ソルティ！」

西宮翔が、足元にきたソルティを革手錠で拘束された腕の間に入れて抱き締めた。

「犬はね、どんなにひどい飼い主のことでも無条件に愛するものよ。あなたのエゴで、ちょっと走っただけでも倒れるような身体になってしまったのに、必死に駆け寄ろうとした姿を見て申し訳ないと思わない？　ソルティちゃんをこんなに衰弱させたのは、ほかならぬ無償の愛を注がれているあなたなのよ」

「ソルティ……ごめんな……ごめん……」

璃々の言葉に、西宮翔の頰を涙が伝った。

「どうします？　『TAP』に連行しますか？」

涼太が、耳元で囁いた。

『説得室』で、もう二度としないと約束したら帰していいわ。ソルティちゃんを彼に戻すかどうかは、いったん、ウチで保護して体調が戻ってからの話ね」

「彼は、愛犬に救われましたね」

「うん。ソルティちゃんの愛情を無駄にしてほしくないわね」

璃々は、ソルティを抱き締め涙を流し続ける西宮翔を見て、心から願った。

☆

「結果オーライだからよかったようなものの、次からはもっと慎重に行動してほしいね」

「説得室」の隣室……マジックミラー越しにうなだれる西宮翔に視線を向けながら、兵藤が苦虫《にがむし》を噛み潰《つぶ》したような顔で言った。

「私が迅速《じんそく》に動いたから、ソルティちゃんを救えたんですよ？　初動が遅れたら、どうなっていたと思いますか？」

璃々は、室内のケージで眠るソルティに視線を移して言った。

ソルティは栄養価の高い流動食を食べたあと、熟睡していた。

「私が言っているのは、そういうことではない。見切り発車して、もし、ソルティが栄養失調ではなく病気で痩せていたのなら、大変なことになったんだぞ？　彼の仕事は支障をきたして、裁判沙汰になったかもしれない。西宮翔の事務所は大手の『ゴールドエッグプロ』だから、やり手の顧問弁護士が……」

「部長は、老眼がひどくなったんじゃないんですか？」

璃々は、兵藤を遮り皮肉を言った。

「関係ない話をするな」

「関係ありますよ。部長の眼には、西宮さんの涙とソルティちゃんの安らかな寝顔が見えないんですか？　もし裁判になったら、よりも、もしソルティちゃんが手遅れになったら、を考えるのが私達の使命じゃないんですか⁉」

璃々は、兵藤に非難の眼を向けた。

「君は私を冷血漢扱いばかりするが、本当に動物の命を軽視していると思っているのか？　私だって、仮にもアニマルポリスの職員だ。動物達の命を救いたいに決まっているだろう！　だが、それにはこの組織を維持しなければならない。誤認逮捕で訴えられでもしたら、都から閉鎖を命じられる可能性がある。『TAP』はまだ、正式に認められたわけではなく実験的に開設された機関だ。『TAP』が閉鎖に追い込まれたら、どうやって動物達を救うんだ⁉　『東京アニマルポリス』という組織の一員だからこそ、捜査権も逮捕権も認められているんじゃないのか⁉　君は、理想論ばかり口にして私を責めるが、そういう現実的な問題を考えたことがあるのか⁉」

兵藤が、珍しく感情的な物言いになっていた。

「それを、本末転倒と言うんです！　なんのための逮捕権ですか!?　なんのための捜査権ですか!?　人間に危害を加えられている、物言えぬ動物達を一匹でも多く救うためでしょう!?　それを、『ＴＡＰ』が閉鎖されるかもしれないと恐れて捜査に二の足を踏んでいる間に、動物達が命を落としてもいいと部長は思っているんですか!?」

璃々も負けじと、強い口調で反論した。

「君とは、どこまで行っても反《そ》りが合わないようだ。君の論理は、客を泊めるのがホテルの役目だと言っているようなものだ。だが、ホテル側もトラブルになりそうな客は断ることもある。ホテルが営業停止になったら、その理想論も実現できなくなるということさえわからずに……」

「詭弁はやめてくださいっ。客を泊める泊めないと、動物の命のかかった話は別です！　それに私は『ＴＡＰ』の職員でなくても、部長みたいにあれこれ言い訳をつけないで、虐待をする者から動物達を救いますから！」

「上司に向かってその態度は……」

「お取り込み中、すみません……」

兵藤の怒りに震える声を、遠慮がちな女性職員の声が遮った。

女性職員は、「通報室」の二宮《にのみや》小百合《さゆり》だった。

「通報室」は、警察でいう一一〇番通報を受ける通信指令室のようなものだ。

「なんだ？」

兵藤が、不機嫌な顔を小百合に向けた。

「『通報室』に、相談者がいらっしゃっています。申し訳ありませんが、きて頂けませんか？」

彼女が、強張った表情で言った。

「おい、まだ話の途中だぞ！」

出口に向かう璃々の背中を、兵藤の声が追ってきた。

「部長との不毛な会話より、相談者の対応が大事ですから」

璃々は振り返らずに言うと、兵藤の舌打ちをドアで遮断した。

第三章　マルプー誘拐事件の謎

1

「通報室」――スクエアな二十坪の空間は、防音壁で十坪ずつにわけられていた。

手前の空間には応接ソファとテーブルが置かれており、壁には通報者が連れてきた動物を預かるためのケージが三段……上段には小型犬用のケージが八室、中段は中型犬用のケージが四室、下段に大型犬用のケージが二室埋め込まれていた。

犬以外の動物……たとえば猫やフェレットなどを預かる場合は小型犬用のケージを使用していた。

奥のスペースには四脚の長テーブルが設置してあり、十二人の職員がインカムをつけて通報者の対応に追われていた。

相談を含めると、日に百件前後の電話がある。

その中で現場に急行するレベルの通報は五件あるかないかだ。

「村田《むらた》さん、捜査一部の者が参りましたよ」

璃々を先導した小百合が、オフホワイトの三人がけのソファに憔悴《しょうすい》しきった表情で座る若い女性に声をかけた。

小顔にショートカットが似合う、小柄でスリムな女性だった。

年の頃は二十代前半……もしかしたら学生なのかもしれない。

「捜査一部の北川と申します。どうなされましたか？」

璃々は、ＩＤ手帳を女性に掲げながら訊ねた。

女性が、突然、両手で顔を覆《おお》い泣き始めた。

「大丈夫ですか？」

璃々は取り出したハンカチを女性に差し出した。

女性はハンカチを受け取り、頬を濡らす涙を拭った。

「ありがとうございます……」

女性が、鼻声で言いながら畳んだハンカチを璃々に返した。

「なにがあったか、お聞かせ願えますか？」

璃々が言うと、ふたたび女性が泣き出した。

「村田さんのワンちゃんが、誘拐されたようです」

小百合が、女性の代わりに説明した。

「ワンちゃんは、いつ、どこでいなくなったんですか？」

璃々は、女性を刺激しないようにゆっくりとした口調で訊ねた。

「昨日の夕方、大学から帰って、散歩の途中にコンビニで買い物をしているときに……」

涙声で語り始めた女性の声が、嗚咽《おえつ》に呑み込まれた。

「店の前に、繋いでいたんですか？」

璃々の問いかけに、女性が涙ながらに頷いた。

「ミルクをあんなところに待たせていなければ……」

自責の念に駆られた女性が、号泣した。

「ミルクちゃんの犬種はなんですか？」

「マル……プー……です」

女性がしゃくり上げつつ言った。

「マルチーズとトイプードルのミックスですね？」

女性が頷いた。

「性別と年と色を教えて頂けますか？」

「二歳の男の子で……クリームです……」

「誘拐ではなく、リードが外れて逃げた可能性はありませんか？」

女性が泣きじゃくりつつ、激しく首を横に振った。

「どうして、誘拐だと思うんですか？」

「こんなのが自宅マンションのポストに……」

女性がポーチからコピー用紙を取り出し、璃々に差し出した。

「なんですか、これ……」

コピー用紙にカラー印刷されている写真を見て、璃々は息を呑んだ。

全身ピンク色の毛のない動物が、狭いケージに閉じ込められている写真だった。

璃々は、印刷されている写真の下に打ち込まれた活字を視線で追った。


あなたの愛犬を戻してほしければ、「東京アニマルポリス」に身代金の五百万円を出して貰ってください。

期限は三日後の午前零時です。

期限を一分でも過ぎて身代金が支払われなかった場合は、愛犬の全身の毛を剃る程度では済みません。

動物虐待団体

「動物虐待団体ですって……」

璃々は、怒りに震える声を絞り出した。

☆

「誘拐犯の捜査に協力してくれとは、どういうことですか？」

代々木八幡交番——天野巡査が、急に押しかけ勝手にデスクに座る璃々に困惑した表情で訊ね返した。

「そのままの意味よ。ほら、これ」

璃々は、席を奪われデスクの横に立つ天野に、村田という女子大生に送られた脅迫状を手渡した。

「この犬、毛がなくて変わった犬ですね」

天野が、珍しそうな顔で脅迫状に印刷されたマルプーの写真を見た。

「なに言ってるの。毛がないんじゃなくて、この脅迫状の差出人に剃《そ》られたのよ！」

「え？　なんで、そんな残酷なこと……」

「読めばわかるから！」

天野を遮り、璃々は脅迫状を読むように強く促した。

「わかりましたから、怒らないでくださいよ。ところで僕は、ずっと立っているんですか？」

天野が恨めしそうに、己のデスクを占領する璃々を見ながら訊ねた。

「椅子なら、そこにあるじゃない」

璃々は、丸椅子に視線を移した。

「なんで僕が……」

ぶつぶつと言いながら、天野が丸椅子に腰を下ろし脅迫文を読み始めた。

「あなたの愛犬を戻してほしければ、『東京アニマルポリス』に身代金の五百万円を……」

天野は、途中から声を出さずに活字を眼で追った。

「動物虐待団体……なんですか⁉　これは？」

「こっちが訊きたいわよ。わかっているのは、マルプーを誘拐した犯人が飼い主を脅して『TAP』に五百万円の身代金を要求しているってこと」

璃々は、いらついた口調で言った。

「あの……誘拐犯は、どうして飼い主からじゃなくて『TAP』に身代金を要求するんですか？　人間でたとえれば、北川さんの子供を誘拐した犯人が警察に身代金を要求するようなものですよ？　そんな自殺行為、わざわざするのはおかしいでしょう？」

璃々も同感だった。

天野の言うように、飼い主ではなく動物の警察である「TAP」に身代金を要求するのはどう考えても不自然だ。

「悪戯《いたずら》じゃないんですか？」

天野が懐疑的に言った。

「わざわざ犬を誘拐して毛を刈《か》って『ＴＡＰ』に身代金を要求する悪戯？　そんなの、悪戯じゃ済まないわ。もう既に、誘拐と虐待と脅迫の罪を犯しているわけだし、そのくらい犯人もわかるでしょう」

璃々も最初は悪戯かと考えたが、天野に言ったようにマルプーを誘拐し毛を刈り脅迫状を出した時点で立派な犯罪だから、どちらにしても見逃すわけにはいかない。

「たしかに、そうですね……あ！　それなら、飼い主の悪戯の線はどうですか？」

突然、胸の前で手を叩き天野が独自の推理を展開した。

「飼い主の家に行ったわ。ご家族は留守だったけれど、本人はミルクちゃんがいなくなったって動転していたわ。第一、飼い犬の毛を剃ってまでそんな悪戯して、なんの得もないでしょう？」

「それもたしかに、ですね。じゃあ、動物虐待団体なる犯人は、真面目に『ＴＡＰ』に身代金を要求しているんでしょうか？」

「いや、それも現実的じゃないわね。いくら市民のペットを人質に取ったとしても、いちいち『ＴＡＰ』が身代金を払うわけがないことくらいわかるはずよ。考えられるのは……」

「考えられるのは？」

璃々が言葉を切ると、天野が身を乗り出してきた。

「愉快犯」

「愉快犯？」

天野が、素頓狂な声で繰り返した。

「誘拐したペットの全身の毛を剃った写真を送り付け、飼い主を通じて『TAP』に身代金を要求する。パニックになる飼い主や血眼になって犯人捜しをする私達を陰から見て快楽を得ている……そう考えれば、今回の摩訶《まか》不思議な誘拐事件にも説明がつくわ」

璃々は、頭の中で辻褄《つじつま》が合うかどうかを確認しながら推論を口にした。

「なるほど。そう言われれば、愉快犯なら挑発するように『TAP』に身代金を要求してくる理由がわかりますね。でも、この件は警察が扱うものではないような気がするんですが……」

遠慮がちに、天野が言った。

「あら、どうして？　誘拐事件を警察が扱えないなんて、おかしくない？」

「誘拐事件と言っても……その……」

天野が口籠《くちご》もった。

「なによ？　もごもごしてないで、はっきり言いなさいよ」

「我々が扱うのは人間の誘拐事件であって、大変言いづらいんですが……この事件の人質は犬……いえ、ワンちゃんなので……」

天野が、言葉を選びながら慎重に言った。

「そうね。ラブ君の言う通り、誘拐されたのはワンちゃんよ。でも、忘れてないかしら？身代金を要求されているのは人間だっていうことを」

璃々は、腕組みをして天野を見た。

「あ……いや、身代金を要求されているのは……」

「『TAP』だから飼い主は関係ないとでも言いたいの？　五百万を『TAP』に支払わせろという脅迫状が送りつけられたのは、あなた達が守らなければならない一般市民でしょうが！」

天野を、璃々は一喝した。

「わ、わかりました……協力しますから、怒らないでくださいよ」

「ラブ君いい子ね〜」

璃々は立ち上がり、一転して甲高《かんだか》い声で言いながら、犬にそうするように天野の頭を撫でた。

☆

「狭い部屋ですけど、こちらへどうぞ」

村田智美《ともみ》に続き、璃々、涼太、天野の三人は廊下を奥に進んだ。

智美は、初台《はつだい》の2LDKのマンションに両親と暮らしている。

「お入りください」

智美に促され、三人は六畳程度のフローリング床の部屋に通された。

ベッド、テレビ、クッションソファがあるだけの、女子の部屋としてはシンプルなものだった。

壁際に沿った片隅には、空のケージが虚《むな》しく設置してあった。

「いまお茶を用意しますから、お待ちください」

「いえ、お気遣いはいりません。それより、犯人から指定された期日まで時間がないのでお座りください」

クッションソファを勧め部屋を出ようとする智美を、璃々は引き留めた。

「はい。ところで、警察の方がどうして？」

ベッドの縁に腰を下ろした智美が、天野に視線を向けつつ璃々に訊ねた。

「今回の事件は単なるペットの虐待事件ではなく、村田さんにたいしての脅迫にも当たるので、協力して貰うことにしました」

「ありがとうございます。最初は警察に相談しようと思ったんですけど、誘拐されたのが犬なので無理だと思い、『ＴＡＰ』に伺いました」

「本当は……」

口を開きかけた天野の足を、智美にわからないように璃々は踏みつけた。

「お母様はご在宅ですか？」

何事もなかったように璃々は訊ねつつ、スマートフォンのデジタル時計に視線を落とした。

父親は仕事に行っているだろうから、敢えて訊ねなかった。

「母は歯医者に行っています。ミルクの件は、私に任せてくれています。あの子は、私に一番懐いていて……」

智美の言葉が、嗚咽に呑み込まれた。

「大丈夫です。警察も協力してくれますから、犯人を捕まえてミルクちゃんはすぐに戻ってきますよ」

璃々は、励ましの言葉をかけた。

「身代金の支払い期日は明日ですが、犯人は村田さんの携帯番号を知っているんですか？」

天野が訊ねると、智美が首を横に振りながら茶封筒を差し出してきた。

璃々は封筒を受け取り、中から四つ折りにされた用紙を取り出した。

指定期日午前零時に、「東京アニマルポリス」の捜査員に五百万円の現金が入ったバッグを持たせ、下記住所のビルの前にきてください。捜査員は一人だけです。それから先の指示は、同封したスマートフォンに連絡します。

もし、別の捜査員が周囲に潜伏していたら、愛犬を剥製《はくせい》にしてお返しすることになるので、くれぐれも軽率な行動はしないようにお願いします。


指定されたビルの住所は渋谷区の宮益坂《みやますざか》近辺になっており、差出人は前回の脅迫状と同じ「動物虐待団体」となっていた。

「剥製だなんて、ひどい奴《やつ》だ！」

横から手紙を覗き込んでいた涼太が、憤然とした。

「驚きましたね。『TAP』の捜査員に身代金を持ってこさせるだなんて、いったい、どういうつもりですかね？」

天野が、璃々に訊ねてきた。

「『TAP』をおちょくって、困惑しているのを陰で見て快楽を得るつもりよ」

璃々は、怒りを押し殺した声で言った。

感情的になってはならない。

いま、一番つらいのは智美なのだから、彼女を不安にさせないように冷静に対応する必要があった。

「やっぱり、愉快犯なんですね……」

天野が呟いた。

「どうするんですか？」

涼太が、璃々に伺いを立ててきた。

「ミルクちゃんの命がかかっているんだから、指示に従うしかないでしょう？　村田さんには、私が付き添うわ」

「それはそうですけど、危険ですよ。犯人は何人いるかわからないんですよ？」

「もちろん、それは最終手段よ。指定日までの二日間で、犯人を割り出すつもりよ。だから、ラブ……天野巡査に協力して貰っているんじゃない。ね？」

璃々は言うと、天野に目顔で注意を促した。

「は、犯人に心当たりはありませんか？　村田さんは、大学生でしたよね？　逆恨みされていそうな相手とか、仲違《たが》いした友人とか……どんな些細《ささい》なことでも構いませんから、思い当たることがあったら教えてください」

璃々に圧力をかけられ、天野が慌てて智美に事情聴取を開始した。

「そんなひどいことをする人……知り合いにいませんし恨みも買っていません……」

嗚咽交じりに、智美が言った。

「犯人は脅迫状をメイルボックスに投函《とうかん》しているわけですから、村田さんの自宅住所を知っている人間ということになります。友人以外に、顔見知りの配送員とか出入り業者とかいませんか？」

「配送員の方や出前の方は出入りしますけど、名前も知らないような人ばかりですし……」

「個人名がわからなくてもいいですから、出入りしている業者の店名や会社名を念のために教えてください。それから、交友関係もお願いします。どこでどんなふうに逆恨みされているかわかりませんから。あと、ご両親にも最近揉め事がなかったか、逆恨みされている心当たりはないかを訊いておいて貰えますか？　村田さんも、早く愛犬に会いたいですよね？」

天野が、忍耐強く智美を説得した。

「先輩、ちょっと……」

涼太が立ち上がり璃々に手招きすると、部屋を出た。

「なによ、大事なときに？　早くして」

廊下に出てドアを閉めると、璃々は涼太を急《せ》かした。

「出入り業者や交友関係をすべて洗って、明後日《あさって》までに容疑者を絞れるとは思えません」

涼太が、潜めた声で訴えた。

「そうでしょうね」

「そうでしょうねって……どうするんですか？」

「犯人の要求通り指定場所に行って、お金を引き渡すと見せかけて捕まえるまでよ。そのために、ラブ君の協力を仰いでいるんだから。ラブ君で足りなければ、応援を呼んで貰うつもりよ」

璃々は、シナリオを明かした。

本当は、涼太がなにを心配しているのかわかっていたが、気づかないふりをした。

「見せ金はどうするんですか？　五百万なんて大金、用意できませんよね？　もちろん、『TAP』もそんなお金は出してくれませんよ」

「本物は札束の両側の表面だけで、中はダミーを使うから大丈夫」

璃々は、わざとあっけらかんとした口調で言った。

「そういう問題じゃありません。どうせ、兵藤部長に内緒で動くつもりなんでしょう？」

「保身の塊《かたまり》の部長が、許可すると思う？」

璃々の予感は当たった。

やはり涼太は、そのことを心配していた。

「だからって、勝手な行動はまずいですよ。ただでさえ、中富さんにペイント弾を浴びせたことや西宮翔の捜査で部長を怒らせてるんですから、次になにかあったら処罰されてしまいます」

「大丈夫だって。部長に、そんな権限はないわ」

「もし、なにか問題が起きたら、所長だって庇ってはくれないでしょう。先輩、お願いですから、一度、部長に話を通してからにしてください」

涼太が、悲痛な顔で懇願してきた。

「涼太。じゃあ訊くけど、部長に話を通したらどうなると思う？」

璃々は腕組みをして、涼太を見据えた。

「それは……」

涼太が言い淀《よど》んだ。

「全面協力するから頑張ってこい、って言ってくれると思う？」

「いいえ……」

「でしょう？　だから、報告しないで動いているのよ」

「それがだめだって、部長にきつく釘《くぎ》を刺されているじゃないですか」

「そのたびに、私はなんて言ってる？」

「動物を危険から救うのが最優先……ですよね」

涼太が、ため息を吐きながら言った。

「わかってるじゃない。部長に怒られるのが怖いなら外れていいわよ。その代わり、部長に報告しないで」

ふたたび、涼太が長いため息を吐いた。

「僕が先輩と一心同体なこと、知ってるでしょう？」

「それでこそ、私の一番弟子！」

璃々は涼太の背中に平手を叩きつけた。

「痛いっすよ、先輩……」

「村田さんの心の痛みは、そんなものじゃないわ。さあ、戦線復帰するわよ！」

顔を歪める涼太を促し、璃々は部屋に戻った。

2

あと十五分で午前零時を迎える渋谷にしては、珍しく酔客も少なかった。

月曜日で宮益坂方面ということも関係しているのかもしれない。

これが「ハチ公前」だったら、もっと人で溢《あふ》れていることだろう。

璃々と智美は指定された場所——宮益坂郵便局の前で犯人からの連絡を待った。

智美の自宅マンションのメイルボックスに、脅迫状と一緒に投函されていたスマートフォンに二度目の連絡がくることになっていた。

バッグには、百万円の札束が五束入っていた。

本物の一万円札は札束の両面だけなので、バッグには十万しか入っていない。

一度目の電話は三十分前にかかってきた。

五百万円を確認できたら、ミルクを引き換えに戻すと智美に電話で約束したという。

録音したが、声はボイスチェンジャーで変えられていた。

身代金とミルクの交換方法はわからないが、確実なのは犯人サイドはバッグを素早く運び去らなければならないということだ。

となれば、車かバイクで現れる可能性が高かった。

犯人サイドにバッグを渡すときに、取り押さえなければならない。

現金を確認されてしまうと、ダミーだとバレてしまいミルクの身が危険になる。

斜向《はすむ》かいの路肩に一台、郵便局側の路肩に一台……キーを差したままのバイクが二台停めてあった。

郵便局に併設されたコンビニエンスストアの雑誌のコーナーに涼太が、コンビニから数メートル駅寄りのファーストフード店のカウンターテーブルに私服の天野が潜んでいた。

二人ともガラス窓越しに、璃々と智美を見渡せる場所を選んでいた。

犯人サイドが車かバイクで乗りつけ、バッグを持ち去ることも想定してバイクを停車させているのだ。

智美の自宅マンションに出入りしている配送業者、出前業者、大学の友人……天野はギリギリまで疑わしき人物を割り出そうとしていたが、結局犯人の目星はつかなかった。

「ミルクが心配です……」

泣き出しそうな声で、智美が呟いた。

「大丈夫です。必ず無事に救い出しますからね」

璃々は、智美の不安を払拭するように力強い口調で言った。

正直、不安要素がないと言えば嘘になる。

動物虐待団体を名乗る犯人は、単独か複数か？

二度目の電話……午前零時の電話で犯人は、どんな指示を出してくるのか？

もし、犯人が銃器を携行していたら？

今回の事件は、いままでのペットの虐待とは明らかに違う危険な匂いがした。

「どうか……どうかミルクを……」

智美の声を、スマートフォンのコール音が遮った。

いや、コール音ではなくＬＩＮＥアプリの通知音だった。

犯人から指示の連絡が入る予定の午前零時まで、あと五分あった。

智美が、不安げな顔を璃々に向けた。

「メッセージを開いてみてください」

璃々が促すと、震える手で智美がアイコンをタップした。

「いやーっ！」

智美の悲鳴が、深夜の宮益坂に響き渡った。

コンビニエンスストアの雑誌コーナーの涼太とファーストフード店の天野が、心配そうに見ていたが動く気配はなかった。

どこで、犯人サイドが監視しているかわからないのだ。

「どうしたんですか!?」

「これを……」

智美が震える手で差し出してくるスマートフォンを受け取った璃々は、送信されてきた画像を見て息を呑んだ。

画像は、ミルクのときと同じように全身の被毛を剃り上げられた猫だった。

ミルクのときと同じように、猫はケージに入れられていた。

毛がないので種類の判別が難しいが、両耳が垂れている特徴から察してスコティッシュフォールドに違いない。

璃々は、画像の下に連なる文字を視線で追った。

〈指定したのは、あなたとTAPの捜査員の二人だけです。

警察らしき人物が何人か張っているようなので、身代金の受け取りは中止します。

本当はあなたの愛犬にさらなる制裁を加えるところですが、初回サービスとして特別に免除してあげます。

代わりに、ストックしていた他人のペットを、生まれたままの姿に戻してあげました。

あなたには、もう一度チャンスを差し上げます。

明日の午前零時、場所は今日と同じです。

万が一、今日のような裏切り行為があった場合、今度は免除しません。

あなたの愛犬に厳しい制裁を加えることになります。

追伸　TAPの方へ
動物を守る職務につくはずのあなたの軽率な行為により、ペット達が次々と傷ついています。

これ以上、憐《あわ》れなペットが出ないようご協力お願いします。

万が一、TAPを解雇になった場合、ウチで雇いますので遠慮なくお声がけください。

動物虐待団体〉

LINEの文面が揺れた。

いや、スマートフォンを持つ璃々の手が怒りに震えているのだった。

璃々は、弾かれたように周囲に首を巡らせた。

パッと見では、周囲に不審な人物はいない。

〈張り込みが犯人にバレたわ。村田さんにあてがわれたスマートフォンにメッセージがきたて。

のよ。詳しくはあとで話すから、怪しい人物がいないか周囲をチェックして。私は村田さんを自宅に送るから、涼太とラブ君は「TAP」に向かって「会議室」で待ってて。私は村田さんを自宅に送り届けてから、そっちに向かうから！〉

璃々は、涼太と天野にLINEを送った。

この時間帯なので、「TAP」に兵藤はいない。

「どうして、バレたんですか？　ミルクは……ミルクは大丈夫でしょうか⁉」

半泣き顔で、智美が訊ねてきた。

「大丈夫です。気をしっかり持ってください。とりあえず、マンションに送ります。話はタクシーの中でしましょう」

璃々は力強い口調で言うと、タイミングよく向かってきた空車の赤ランプを点《とも》したタクシーに手を上げた。

☆

「どうして、バレたんですかね？　天野君、鋭い眼つきであたりを見回してたんじゃないの⁉」

会議室――スクエアな空間の中央に設置された円卓の出入り口近くに座った涼太が、対面に座る天野に疑わしい眼を向けた。

「そんなこと、するわけないじゃないですか！　こう見えて僕は、張り込みには慣れているんですから。君こそ、初めての張り込みで挙動不審だったんじゃないんですか⁉」

憤然とした口調で、天野が逆襲した。

「初めて⁉　冗談じゃないよっ。張り込みの数じゃ、俺のほうが遥《はる》かに経験豊富だから」

涼太が、得意げに胸を張った。

「犬猫の張り込みと警察の張り込みを、一緒にしないでくださいよ」

天野が、小馬鹿にしたように言った。

「おいっ、あんた、犬猫の張り込みをナメるんじゃないぞ！」

「二人とも、やめなさい！　内輪揉めしてる場合じゃないでしょう！　次の身代金の引き渡しは明日なのよ⁉　今日、張り込みがバレたことで新たな被害猫も出て、明日も張り込みがバレてしまったらミルクちゃんの命が危険にさらされるわっ。かといってバッグを渡してしまったら本物の一万円札は十枚しかないとわかってしまうから、やっぱりミルクちゃんの身に危険が及ぶのよ！」

璃々は二人を一喝し、ことの緊急性を訴えた。

「北川さん、どうするつもりですか？」

天野が、璃々の顔色を窺いつつ訊ねてきた。

「そうね、涼太は宮益坂下《した》の交差点、ラブ君は宮益坂上《うえ》の交差点でバイクに乗って待機して」

「え？　指定された場所は今日と同じ郵便局前ですよね？　俺もラブ君も、五十メートルは離れてしまうので先輩と犯人の様子が見られなくなりますよ？」

涼太が、心配そうに言った。

「君まで、ラブ君と呼ぶのは……」

「そのくらい離れてないと、また、張り込みに気づかれる可能性があるわ」

涼太に抗議しようとする天野を璃々は遮った。

「でも、犯人の様子が見えない距離で待機するのは張り込みとは言えないですよ」

「仕方ないじゃない。今度張り込みが見つかったら、ミルクちゃんが危険なんだから。同じことを何度も言わせないで。犯人は車かバイクで乗りつけてバッグを持ち去る可能性が高いから、青山《あおやま》通りか渋谷駅のどちらかに向かうと思うわ。無線を使ってやり取りするしかないわね」

璃々は、腕時計型通信機を装着した左腕を宙に掲げた。

「車種や色を無線で聞いて、尾行するってことですね？」

訊ねる涼太に、璃々は頷いた。

「でも、北川さんと村田さんがどこかに移動を命じられる可能性もありますよね？」

今度は天野が訊ねてきた。

「そうね。逆に、そのほうがあなた達に逐一情報を送れるからやりやすいんだけどね。とにかく、バッグが犯人の手に渡ればダミーだとバレてしまうから、すぐに取り押さえなきゃならないわ。あなた達に、ミルクちゃんの命がかかっているのよ」

璃々は、恫喝的《どうかつてき》な響きを込めた口調で言いながら二人の顔を交互に見た。

「先輩、そんなにプレッシャーかけないでくださいよ……」

涼太が、うわずる声で言った。

「取り押さえる取り押さえない以前に、初動で犯人を尾行できるかどうかもわからない状態なので……」

天野が、不安げに言葉を濁《にご》した。

「私も、そう思うわ」

あっさりと、璃々は認めた。

「え？　どうしたんですか⁉　やけに素直ですね。先輩ならてっきり、男なら弱音吐いてないでしっかりしなさいよ！　って、どやしつけてくるんじゃないかと思いましたよ」

涼太が、肩透かしを食らったように言った。

「私もそう言いたいところだけど、今回はあなた達の言うことが正論だわ。そうよね～。この状況で確実に犯人を取り押さえろなんて無茶よね～。ごめんごめん、変なプレッシャーか

い道がなくて貯金していたら、こんなに貯《た》まったんです」

　天野が、のんびりとした口調で言った。

　初めて会ったときから、天野に品のよさを感じていた理由がわかった。

「お前、お坊ちゃんなのか？　いや、それより、先輩、どうして俺達の貯金額を訊いたのか教えてくださいよ」

「そしたら涼太が五十、ラブ君が百、私も二百ならすぐに出せるわ。あとは、百五十をなんとかしなきゃだわね」

　璃々は、脳内で電卓を弾いた。

「俺が五十でラブ君が百……先輩、なにを言ってるんですか？」

　訝しげに、涼太が訊ねてきた。

「百五十を明日までに集めるのはきついわね。定期を解約するのは間に合わないし、ウチは貧乏で親は頼れないし……」

　璃々は、独り言を呟いた。

「明日までに百五十を集めるとか定期を解約するとかって、先輩、まさか……」

　涼太が絶句した。

「そうだ！　ラブ君！　いまからご両親に頼んで、明日一日だけでいいから百五十万を借りられないかしら⁉」

璃々は手を叩き、輝く瞳で天野をみつめた。

「僕の両親に百五十万を借りてほしいってことですか⁉」

せわしなく動く天野の黒目と裏返った声が、彼の動揺を代弁していた。

「そうよ。私の定期預金の通帳と印鑑を担保として預けてもいいからさ！」

「ちょ……ちょっと、先輩、まさかとは思いますが、明日の五百万を集めようとしてるんじゃないでしょうね⁉」

涼太が、怖々《こわごわ》と璃々に訊いた。

「ビンゴ！　あなた達もとりあえず、貯金の半分ならすぐに出せるでしょ？　これでラブ君のご両親が百五十万を貸してくれたら、身代金の五百万が揃《そろ》うわ」

「ビンゴって……もしかして、みんなで出し合ったお金を身代金にして犯人に渡す気ですか⁉」

「そうよ。あなた達も言ってたでしょう？　犯人を確実に取り押さえることは難しいって。そうなると、身代金がダミーだとバレて、ミルクちゃんの身が危険にさらされる……だから、ウルトラCを考えたのよ。なにか、問題でもある？」

璃々は、涼しい顔で涼太をみつめた。

ウルトラC——「会議室」に入る前から、既に考えていたシナリオだ。

「大ありですよ！　バッグの中身が本物の札束でも、犯人を取り逃がす確率はダミーのときと同じなんですよ⁉　身代金が返ってこなかったら、どうするんですか⁉」

「そのときは、少し日にちを待ってくれれば私が返すから安心して」

「お金の問題だけじゃありません！　この前も言いましたが、兵藤部長に内緒で犯人と取り引きするだけでもバレたら大変なことなのに、五百万を出し合って、その上、警察官のラブ君まで巻き込んで、しかも、ラブ君の親に借りてまで身代金を作るなんて確実にクビですよ！　ミルクちゃんの命を救うためだということは、もちろんわかってますっ。損得を考えないで動物を救おうとする先輩の気性もわかってますっ。でも、これだけはやめてくださいっ。お願いします！」

珍しく熱弁をふるった涼太が、頭を下げた。

「わかったわ。頭を上げて」

璃々は、優しい口調で声をかけた。

「わかってくれて、ありがとうございます。生意気なことばかり言って、すみませんでした」

涼太が、ふたたび頭を下げた。

「あなた達を巻き添えにするわけにはいかないわ。五百万は、私がなんとかする。二人は、ダミーだと思っていたってことにすればいいわ」

「えっ⁉　だめですよ！　それじゃ先輩が……」

「父に百五十万を借ります。そのくらいの額なら、明日の午前中にはなんとかなると思います」

天野がそれまでの頼りない印象からは想像のつかない力強い口調で言うと、スマートフォンを取り出した。

「それにしても、見直したわ。ラブ君って、いざとなったら男らしいのね」

迷彩柄にペイントされたバン――「東京アニマルポリス」の専用車の後部座席に座る天野に、璃々は振り返り言った。


――父に百五十万を借ります。そのくらいの額なら、明日の午前中にはなんとかなると思います。

宣言通り天野は早朝に実家に赴《おもむ》き、父親から百五十万円を借りてきたのだった。

「動物虐待団体」を名乗る犯人に指定されたのは、昨夜と同じで午前零時に渋谷宮益坂の郵便局前だった。

智美とは作戦会議のために、南青山《みなみあおやま》三丁目の交差点で午後十時に待ち合わせしていた。

「いや……男らしくなんてないですよ。僕なんて小心者です。実家に行く間中、心臓がバクバク鳴ってましたから」

照れ笑いを浮かべつつ、天野が謙遜した。

「強がってるばかりの誰かさんに聞かせたい謙虚さね～」

璃々はからかうような口調で、ステアリングを握る涼太に言った。

「なんすか!?　それ？　まるで俺が、口先だけのハッタリ男みたいじゃないですか」

涼太が、不満げに抗議した。

「あら、違うの？」

璃々は、ニヤニヤしながら涼太をからかい続けた。

面白いからそうしているわけではなく、二人の緊張を和《やわ》らげるためだった。

「先輩、忘れてませんか？　俺だって、安月給を切り詰めて貯めた五十万を提供してるんですからね」

「ほらほら、そういうところがちっちゃいの。もっと、器を大きくしなさい」

「はいはい、どうせ俺は女々《めめ》しい男ですよ」

涼太がイジけて見せた。

「あ、その発言は女性蔑視《べっし》よ」

「……すみません。ところでラブ君はさ、どうしてそこまでするの？」

涼太が、天野に訊ねた。

「なにがです？」

天野が訊ね返した。

「自分の貯金を百万出した上に、親父《おやじ》さんからも百五十万を借りたりさ。しかも君は『TAP』の捜査員じゃなく、警察官だろう？」

涼太が、訝しげに質問を重ねた。

「たしかに、そうですね。僕にもよくわかりませんが、北川さんの動物を思う強い気持ちに心動かされたのかもしれませんね」

「真面目に言ってる？　もしかして、先輩に点数稼ぎしようと思ってんの？」

「いえ、純粋に北川さんの力になりたいと思ったんです」

天野が即答した。

「ラブ君、ありがとう。『TAP』の捜査員でもないのに、見上げた心意気ね！　こういう正義感に燃えた子が、ウチにも入ってくれればいいのに。ね？　『TAP』に移籍しない？」

璃々は振り返り、冗談めかして言った。

「ちょ……ちょっと、待ってくださいよ！　彼は先輩に気に入られたくて、適当なことを言ってるだけですよっ」

涼太が、ムキになって抗議した。

「なによそれ？　私が尊敬されたら、そんなにおかしいの!?」

璃々は、涼太を軽く睨みつけた。

「いや、そ、そういうわけではなくて……お、俺は、ラブ君は先輩のご機嫌取りをしてるってことが言いたかったんです」

しどろもどろに、涼太が言った。

「なんでラブ君が、私のご機嫌取りをする必要があるのよ？」

「それは……本人に訊いてくださいよ」

「ラブ君、私のご機嫌取りをしているの？」

「そんなことしてません。僕は、純粋に北川さんの動物への思いに感銘《かんめい》を受けたんです」

天野が、璃々の瞳をみつめた。

「ラブ君、どうしてそんなにいい子ぶるんだよ？　もしかして、先輩のこと好きなのか？」

涼太が、探るような眼を向けた。

「な、なにを言ってるんですか！　そんなんじゃありませんよっ。君のほうこそ、さっきから僕に突っかかってばかりなのは、北川さんのことが好きだからじゃないんですか？」

慌てふためき否定した天野が、逆襲に転じた。

「ば、馬鹿じゃないの！　俺が、先輩をそんな眼で見てるわけ……」

「ちょっと……二人とも、やめてよ。なんだか、むず痒《がゆ》いじゃない」

予期せぬ展開に、璃々は動揺した。

「だって、ラブ君が、俺が先輩を好きだとか変なことを言うから……」

「先に、僕が北川さんのことを好きだと言ったのは君のほうじゃないですか」

涼太と天野のやり取りに、璃々の頬が熱を持った。

「とにかく……いまから身代金の受け渡しがあるんだから、そんな馬鹿なことを言い合ってる場合じゃないでしょう？」

璃々は、平静を装いダメ出しした。

「ほら、ラブ君のせいで怒られたじゃないか」

「君のせいで怒られたんですよ」

小競り合いする二人を横目に、ため息を吐いた璃々は眼を閉じた。

☆

南青山三丁目の交差点で智美をピックアップした車は、西麻布《にしあざぶ》方面に下っていた。

「そこを右に曲がったところで停めて」

璃々の指示通り車を右折させた涼太は、閑静《かんせい》な住宅街の路肩で停車した。

夜の住宅街に人気《ひとけ》はなく、打ち合わせをするには最適だった。

「あれから、なにか連絡はありましたか？」

後部座席に座った智美を、璃々は振り返り訊ねた。

「いいえ」

「そうですか。早速ですけど、段取りを説明します。前回、犯人にバレてしまったので、今回は彼らをそれぞれ宮益坂上と坂下に待機させます。犯人にバレないぶん、二人からも犯人の動きが見えません。なので、バッグを引き渡した直後に身柄を押さえるのは不可能になりました」

「え……どうするんですか⁉　お金がダミーだとわかったらミルクが……」

智美の表情が強張った。

無理もない。

恐らく犯人は現金を確認してから、ミルクを返すつもりだ。

バッグを受け取った直後に現行犯で逮捕するという作戦が取れないと、ミルクは危険な立場に追い込まれる。

「安心してください。全部、本物のお札を揃えましたから」

「五百万を揃えたんですか⁉」

智美が、素頓狂な声で訊ねた。

「そうです。みんなでお金を出し合って、なんとか掻《か》き集めました。だから、万が一取り逃がしても、ミルクちゃんに危害が加えられることはありません」

璃々は、安心感を与えるように穏やかな口調で言った。

智美の瞳から、みるみる涙が溢れ出た。

「村田さん……どうかしましたか?」

驚いた表情で、天野が問いかけた。

「いえ……ごめんなさい。ミルクのために……こんなにして頂いて……。

「誘拐されたのが犬だから……お巡りさんも真剣になってくれないかと思って……」

智美が、しゃくり上げながら言った。

「犬だって私達人間と同じ、命ある生き物です。楽しかったり、哀しかったり、退屈だったり、緊張したり、怒ったり、怖かったり……物が言えないだけで、いろんな感情があります。動物愛護相談センターも昔と違い、殺処分ゼロに向けての活動を積極的に行っていますし、そんな時代だからこそ『TAP』が創設されたんです。ラブ……天野巡査は警察官ですけど、私達に共鳴してくれてミルクちゃんを救い出そうとしてくれています。ね?」

璃々は、天野を視線で促した。

「はい。北川さん達の動物に向き合う姿勢や情熱に触れていくうちに、いろいろと考えさせられました。命に重い軽いはないんだって。安心してください。ミルクちゃんは、必ず守りますから」

天野が、真摯《しんし》な口調で言うと智美に頷いた。

「かっこつけちゃって。ゴキちゃんの命の重さも人間と同じだと思ってんのかっつーの」

小声で毒づく涼太の足を、璃々は智美に気づかれないようにつねった。

「痛っ……。俺のほうがずっと前から、動物のことを救ってきたんですからね。身代金を二百五十万用意しただけで、急に動物愛に目覚めたみたいなこと言っちゃって……」

涼太が顔を顰《しか》め、ぶつぶつと呟いた。

「こんなときに、張り合ってる場合じゃないでしょ？」

璃々も囁き声で、涼太を窘めた。

「あの……犯人は、ミルクを連れてきてくれるでしょうか？」

不安げに、智美が訊ねてきた。

「連れてきたとしても、万が一の保険として離れた場所に待機させる可能性がありますね」

「離れた場所ですか？」

「ええ。五百万を受け取り、安全な場所まで行ったときにメールで場所を教えるとか、あとから村田さんの自宅マンションの近くに送り届けるとか……どちらにしても、身代金とミルクちゃんを同時に交換するということはないと思います」

璃々が語ったのは、あくまでも推測に過ぎなかった。

五百万を受け取ったとしても、ミルクを返すという保証はない。

生きていると世話が大変だという理由で、拉致《らち》してすぐに命を奪う最悪のケースもある。

人間の誘拐事件でも、身代金を渡してから遺体で発見されることは珍しくはない。

そもそもが動物を虐待するような連中なので、人質が犬となればなんの躊躇《ためら》いもなく凶行に走る可能性が考えられた。

だが、それを智美に言うつもりはなかった。

これから取り引きを控える被害者の不安をいたずらに煽《あお》ることで、プラスになる要素はなに一つない。

絶望や焦燥で常軌を逸《いっ》した行動に出て、取り引きを台無しにされたら元も子もない。

それに、璃々自体、ミルクは無事だと信じていた。

恐らく犯人は動物虐待団体という名を騙《かた》っているが、本当の目的は「TAP」を挑発してマスコミを騒がせることであり、虐待ではないはずだ……そうであってほしかった。

「お金が本物だから、ミルクを返してくれますよね？」

智美は、縋《すが》るような瞳で璃々をみつめた。

「返さない理由がありません」

璃々は、きっぱりと言った。

「あの……お巡りさん達は、ミルクが帰ってきてから犯人を追いかけるんですか？」

智美が、天野と涼太を交互に見ながら遠慮がちに訊ねた。

璃々には、智美の危惧がわかっていた。

「いえ、それだと追いかけようがありません。ただでさえ、今回は五十メートル以上離れた位置で張り込んでいるので、北川さんと無線で連絡を取りながら追いかける形になります。

僕達のどちらかが追いつければいいのですが、取り逃がす可能性もあります」

　天野が、緊張した顔つきで言った。

「こんなこと、言いづらいんですが……追いかけないというわけにはいきませんか？」

「追いかけない？　それは、どういう意味ですか？」

　涼太が、訝しげな顔で智美のほうを振り返った。

「追いかけられていることに気づいたら、犯人は仲間にミルクを殺すように命じるかもしれません……」

　智美の声は、強張っていた。

「あ、それはないと思います。まず第一に、犯人に仲間がいると決まったわけではありません。第二に、仲間がいたとしてもミルクちゃんのそばにいるとはかぎりません。第三に、仲間がいてミルクちゃんのそばについていたとしても、取り押さえればそんな指示は出せません。どうです？　安心しましたか？」

　涼太がシャーロック・ホームズを気取っているつもりか、早口で推理を展開し得意げな顔で訊ねた。

「犯人は複数で、ミルクのそばにいて、取り押さえられなければどうするんですか!?」

　珍しく智美が、強い口調で涼太に詰め寄った。

「え？　それは……その……ちょ……ちょっと、困った展開になりますね……」

涼太が、しどろもどろになった。

「そんな無責任な計画で、ミルクが殺されたらどうするんですか！」

智美が、涙声で叫んだ。

「あ、いや、そういう意味では……」

「大丈夫ですよ。五百万円を全額、一度に渡さなければいいんです」

必死に言い訳しようとする涼太を、天野が遮った。

「たしかに、村田さんが言うように犯人は複数いて、ミルクちゃんのそばについているかもしれません。でも、僕達の追跡に気づいても犯人はミルクちゃんを殺しはしません」

天野が智美を直視し、断言した。

「なぜ、そう言い切れるんですか⁉」

智美の瞳には、まだ不信感が残っていた。

「保険だからです」

「保険？」

怪訝そうに、智美が鸚鵡返《おうむがえ》しにした。

「はい。お金を全額手にしていない上に『TAP』に追われている状況で、ミルクちゃんを殺しても得することはなに一つありません。ミルクちゃんの命を盾《たて》にしているからこそ、犯人は優位に立てているんです。現に僕らは、犯人の言いなりに振り回されていますよね？

ですが、ミルクちゃんの命を奪ってしまったら、五百万を手にできない上に犯人には僕達を従わせる術《すべ》がなくなります。だから、もう一度仕切り直しをして、身代金の交渉をしてくるはずです」

天野の説得力十分な説明に、智美が微《かす》かに安堵の表情を浮かべた。

しかし、この天野の話も根拠はなく、智美をなだめているだけなのだろう。

「また、おいしいとこ持っていかれちゃったよ……」

涼太が肩を落とし、力なく呟いた。

「よかった……ミルクは危険な目に遭わないんですね？」

智美が、念を押してきた。

「百パーセントとは言い切れませんが、天野巡査が言ったとおりに身代金を手にするまでは、ミルクちゃんの命は安全だと思います。ただ、リスクがないわけではありません。殺されなくても剃毛《ていもう》されたようになんらかの虐待を受ける可能性、または、無関係の動物が見せしめのために被害に遭う可能性は十分に考えられます」

璃々は、正直に話した。

希望を与えることと、欺くことは違う。

「じゃあ、やっぱり、犯人を追うのはやめてくださいっ」

ふたたび、智美の表情が危惧と懸念《けねん》に支配された。

「村田さん、ミルクちゃんを一日も早く救出したいですか？」

璃々は、智美の瞳を射抜くように直視した。

「そんなの、あたりまえじゃないですか！」

智美が憤然とした。

「だったら、多少のリスクは覚悟してください。身代金を渡したまま犯人を追わなければ、ふたたび捜し出すのは困難になります。これまで犯人サイドからの一方的な接触ばかりで、身元を特定できそうな情報は皆無《かいむ》に等しく、間違いなく長期戦になります。それこそ、身代金を手にして目的を達成した犯人が、ミルクちゃんに手を出す可能性が考えられます。もう、私達と会う必要もありませんしね。でも、ミルクちゃんを返すとなると、なんらかの形で私達とコンタクトを取らなければなりません。電話やメールで指示を出すにしても、あなたの自宅マンションの近くに置き去りにするにしても、犯人サイドにはリスクが生じます。犯人サイドにとって最善の方法は、五百万を手にしたら、そのまま連絡を絶つことです」

璃々は、厳しい口調で現実を突きつけた。

「そんな……」

智美が絶句した。

「私達を信じ、気持ちを強く持ってください」

璃々は、力強く言いながら頷いて見せた。

五秒、十秒……璃々と智美は無言でみつめ合った。

智美が肚《はら》を決めなければ、ミルクを救出することはできない。

今回の事件を映画にたとえると、智美は主役で璃々達は監督であり演出家だ。

素晴らしい脚本ができあがっても、監督の演出通りに主役が動いてくれなければ作品は成功しない。

「わかりました」

三十秒ほど過ぎた頃に、ようやく智美が口を開いた。

「ありがとう、智美さん」

「北川さんを信じます。必ず、ミルクを助けてくださいっ。お願いします！」

智美が、頭を下げた。

「村田さん、そんなことやめてください」

璃々に促され顔を上げた智美の眼は、涙に潤《うる》んでいた。

「約束します。必ず、ミルクちゃんを助けますから！」

璃々は、伸ばした手を智美の肩に置いた。

☆

午後十一時五十分……約束の時間まで、あと十分となった。

昨日と同じ宮益坂郵便局の前で、璃々と智美は犯人からの接触を待っていた。

電話やメールが入るか、いきなり現れるかはわからなかった。

どこかに移動させられるのか、この場で取り引きをするのか……どちらにしても、涼太と天野に速《すみ》やかに無線で伝えねばならない。

一番理想なのは犯人が単独で現れ、涼太か天野の待機する方面に逃げてくれることだった。

逆に最悪なのは、犯人が複数で現れるか、もしくは電話であちこち移動させられることだ。

前者は取り押さえるのが難しくなること、後者は尾行がバレるリスクが高くなることが理由だった。

スマートフォンのバイブレーションが鳴り響いた。

「あ、すみません。私のスマホです。電源を切るのを忘れてました」

慌てて智美が、スマートフォンを取り出した。

「ママ、いま話せないからあとでかけ直すね」

電話に出るなり一方的に言うと、智美は電源を切った。

「お母様？」

璃々は訊ねた。

「はい。心配するといけないので、今夜のことは話していないんです」

「そうですね。事件が解決したら、私のほうからご両親に説明します」

「ありがとうございます。電源を切っておきますね」

「あら……」

璃々の視線が、智美のスマートフォンの待ち受け画像で止まった。

「西宮翔のファンなんですか？」

思わず、璃々は口に出していた。

「え？　ああ……はい。ウチは、家族ぐるみで彼のファンです。西宮翔さんって、大の犬好きなんです。インスタグラムに、いつも愛犬との画像がアップされています」

嬉しそうに、智美が口元を綻ばせた。

ついこのあいだ、動物虐待の容疑で璃々が拘束したと知ったら、さぞや驚くに違いない。

もちろん、それを言うつもりはなかった。

メールの通知音が鳴った。

瞬時に、智美の顔が強張った。

「落ち着いて」

璃々は、智美に頷いて見せた。

智美が硬い表情で頷き、犯人との連絡用のスマートフォンを取り出した。

「なんて書いてあります？」

璃々は、ディスプレイを覗き込んだ。

〈零時十分に宮益坂下から車が坂上に向かって走ってきます。車は郵便局の前でスローダウンします。後部座席のドアが開くのを合図に、現金の入ったバッグを投げ入れてください。現金を確認したあとに、愛犬の入ったクレートを置いた場所をメールします。くれぐれも、先日の繰り返しはしないようにお願いします。不審者の存在を察知したら、あなたの愛犬が身代わりに罰を受けることになります。〉

「あと、十五分……車種が書いてありませんね」

璃々は、犯人からのメールの文面を読みながら思考を巡らせた。

用心深い犯人だ。

車種が書いてないのは、万が一の張り込みに備えて特定されないようにするためだろう。現金を確認してからミルクの場所を知らせるというのも、単に偽札かどうかを疑っているだけでなく、尾行がいないかどうかをじっくり見極める時間を作るためだ。

璃々は、犯人からのメールの文面を写真に撮り涼太と天野に転送した。

犯人に現金を渡すまでは、どこで監視されているかわからないので無線でのやり取りは控えていた。

〈俺も、宮益坂上に移動します〉

〈現金を渡したら車種を教えてください〉

涼太と天野から、立て続けに返信がきた。

〈それぞれ了解！　細心の注意を払ってね〉

璃々は、一斉送信で二人に返した。

「やっぱり、尾行は危険じゃないでしょうか？」

遠慮がちに、智美が伺いを立ててきた。

「尾行しないほうが危険です。現金の確認のあとに、ミルクちゃんの場所を連絡してくるという保証はありませんからね」

「でも……」

「任せてください」

不安がる智美に、璃々は拳を作って見せた。

☆

黒のアルファード、白のエルグランド、白のハイエース、濃紺のベンツ、赤のインプレッサ、白のハイエース、白のプリウス、黒のレクサスの四駆……宮益坂下から上ってくる車に注意を払ったが、どれも後部座席のドアは開いていなかった。

なにより、スローダウンする車がなかった。

スマートフォンのデジタル時計は、24：15を表示していた。

約束の時間を五分過ぎても、後部座席のドアが開いている車は現れなかった。

「どうしたんでしょうか？　もしかして、張り込みがバレたとか……」

智美が、不安げな顔を向けた。

「きっと、現れます」

璃々は己に言い聞かせるように、断言した。

不安なのは、璃々も同じだった。

一分、二分、三分……デジタル時計の数字が増えるたびに、焦燥感に拍車がかかった。

〈犯人はまだですか？〉

〈現れましたか？〉

零時二十分になったときに、宮益坂上で璃々からの無線を待っている二人から立て続けにＬＩＮＥが入った。

〈まだよ〉

璃々は二人に返信し、坂下に祈るような視線を向けた。

残酷にも、時間はどんどん過ぎてゆく。

零時三十分になったときに、メールの通知音が鳴った。

璃々のスマートフォンはバレないようにバイブレーターモードにしてあるので、鳴っているのは智美が渡された犯人専用のものだった。

「犯人からですか？」

嫌な予感に導かれるように、璃々は訊ねた。

無言で頷く智美は強張った顔で、ディスプレイに視線を落としていた。

「ちょっといいですか？」

璃々は智美の手からスマートフォンを受け取った。

〈受け取り方法を変えます。いまから二時間後の午前二時三十分、道玄坂上《どうげんざかうえ》を右に曲がるとすぐに「レジデンス道玄坂」という雑居ビルがあります。エントランスを入ったら次の指示を出しますから、メールしてください。〉

「きっと、バレたんです……ミルクが……ミルクが……」

智美は、泣き出しそうな顔で取り乱した。

「まだ、そう決まったわけではありません」

気休めを言ったつもりはないが、璃々の危惧の念が増したのも事実だ。

「じゃあ、なんで場所を変えるんですか!?」

珍しく、智美が食い下がった。

無理もない。

昨日と同じように張り込みの存在がバレたら、ミルクの命は保証できないと犯人サイドに宣言されているのだ。

「張り込みを警戒して、最初からそのつもりだったのかもしれません」

智美を安心させるためだけでなく、璃々はその可能性も十分に考えられると思っていた。

「それだったらいいんですけど……」

「バレているとしたら、昨日と同じようにすぐにメールに書いてあるはずです。わざわざ、場所を移動させる意味がありませんからね」

「たしかに……そうですよね。バレてないから、メールになにも書いてなかったんですよね！」

暗鬱《あんうつ》としていた智美の顔が、パッと明るくなった。

「そうですよ！　仕切り直しです！」

璃々は明るく言いながら、ＬＩＮＥのメッセージの文面を打った。

〈受け取り場所の変更指示がきたわ。二十六時三十分、道玄坂上の「レジデンス道玄坂」。ビルのエントランスに着いたらメールしろって。犯人は警戒して受け取り場所を変えた可能性があるから、二人は道玄坂下《した》の「ユニクロ」あたりで待機してて。

また、状況連絡するから〉

「さ、移動しましょう」

璃々は、涼太と天野に一斉送信すると智美を促した。

☆

「レジデンス道玄坂」は、一階にコンビニエンスストアの入った十階建ての雑居ビルだった。

エントランスは、玉川《たまがわ》通り沿いではなく路地に入ったほうにあった。

途中、ファミリーレストランで一時間ほど時間を潰した。

璃々は、智美の気を紛《まぎ》らわせるために敢えてドラマや映画の話をした。

西宮翔の出演作を熱っぽく語っているときだけ、智美の表情が明るくなった。

つい最近まで、愛犬虐待の容疑者だった男が誘拐事件の被害者の心を救うとは皮肉なものだ。

「まだ十五分ありますから、座って待ちましょう」

エントランスには、待合ベンチが設置してあった。

犯人に到着を告げるメールは、智美が一、二分前に送っていた。

「ここは、犯人に関係のあるビルなんでしょうか？」

ソファに腰を下ろした智美が、周囲に首を巡らせつつ訊ねてきた。

「わざわざ足がつくようなことをするとは思えませんから、それはないでしょう。恐らく、なにかの意味で好都合な場所なんだと思います。もしかしたら、次にくる連絡でまた別の場所に移動させられるかもしれませんね」

「またですか⁉」

璃々は頷いた。

「昨日の件で、犯人サイドもかなり慎重になっているんだと思います。何ヵ所か転々とさせながら、大丈夫だと判断した時点で身代金の受け渡しをする気なんでしょう。餌をあげているか、訊きましたか？」

璃々は、ずっと気になっていたことを訊ねた。

今日で、ミルクが誘拐されて四日目になる。

犯人は身代金の受け渡しの指示や剃毛した写真を送ってきただけで、ミルクの状態に関しては伝えてこない。

危害を加えていなくても、餌を貰っていなければ衰弱してしまうのだ。

「あ、いえ……気が動転しちゃって……」

「いま、メールで訊いてみたほうがいいです。できるなら、写真も送って貰ってください」

「それって……ミルクが死んでいるかもしれないってことですか？」

智美が、蒼褪《あおざ》めた顔で璃々をみつめた。

「そうとは言ってません。でも、動物を虐待するような人間ですから、ろくに餌も水も与えてないことも十分に考えられますから」

璃々は、極力、智美を刺激しないように気をつけながら言った。

本人が言うように、基本的なことを訊くのを忘れるほどに智美はパニックになっているのだ。

智美が、スマートフォンのキーを物凄いスピードでタップし始めた。

「送りました。ドッグフードをきちんとあげているかどうかと、いまのミルクの写真を送るように書きました」

「私は認定動物看護師の資格を持っていますので、写真を見ればミルクちゃんの健康状態がある程度わかりますから」

璃々が言い終わるのを待っていたかのように、犯人からのメッセージを告げるメールの通知音が鳴った。

璃々は、智美のスマートフォンを一緒になって覗き込んだ。

〈エントランスの右手にある、メイルボックスのエリアに移動して三〇五号室のポストを開けてください。〉

犯人は、智美の質問に触れることなく新たに指示を出してきた。

「質問に答えないのは、ミルクが無事じゃないからでしょうか⁉」

「まずは、指示されたメイルボックスを確認しましょう」

璃々は智美を促し、メイルボックスのエリアに移動した。

「カギは開いてるのかしら……」

璃々は呟きながら、下から三段目の……三〇五と書かれたメイルボックスの扉を引いた。

扉は、懸念に反してあっさり開いた。

中には、茶色の書類封筒が入っていた。

足がつくので、メイルボックスは犯人に関係のある部屋のものではないだろう。

であれば、事前にこのエントランスにきて、偶然に開いていたメイルボックスを探したのか？　それとも、犯人が開けたのか？

璃々は思考を止め、封筒からＡ４サイズの紙を取り出した。

紙を裏返した璃々の瞳に映る写真に、息を呑んだ。

羽根を毟《むし》られ、薄桃色の地肌が露出したオウムの写真がカラープリントされていた。

背後で、智美の小さな悲鳴が聞こえた。

璃々は、写真の下にびっしりと並ぶ印字を視線で追った。


我々は最初から、宮益坂郵便局前で零時三十分に身代金を受け取る車を出す気はありませんでした。

昨夜のことがあったので、念のためにフェイクをかけてみたのです。

怪しげなバイクを発見し、まさかと思いながらも尾行しました。

そのバイクは、別のバイクに乗った男と合流しました。

二人のバイクに乗った男は、我々についての会話をやり取りしていました。

一度ならず、二度も約束を反故《ほご》にしましたね。

写真のオウムは、以前誘拐していたストックのペットです。

これがペナルティだと思わないでください。

写真のオウムは前菜です。

メインディッシュは、あくまでもあなたの大事なワンちゃんです。

本意ではありませんが、悪いのは二度も約束を破って指定した以外の捜査員を張り込ませたＴＡＰの捜査員です。

恨むなら、ＴＡＰを恨んでください。

料理法が決まったら、追ってご連絡します。

動物虐待団体

「どうするんですか……だから、尾行はやめてくださいって言ったじゃないですか！」

耳元で、智美が泣き喚《わめ》いた。

たしかに、二度続けて張り込みがバレたことで、ミルクの身になにかがあれば自分の責任だ。

だが、なにかがしっくりこない。

責任逃れしたいわけではない。

昨日も今日も、台本に書いてある役を演じさせられているような気分だ。

犯人が愉快犯だろうことは、ほぼ間違いない。

しかし、ただの愉快犯ではない。

もっとなにか、屈折した感情が入り交じっているような気がしてならなかった。

そのなにかが、なんであるかはわからない。

わかっているのは、犯人は端《はな》から身代金など必要としていないということだ。

もしかしたら、昨夜と今夜の取り引きは、犯人にとっては失敗などではなく、むしろ成功だったのではないか？

つまり、璃々達は犯人サイドのシナリオに乗せられたのかもしれない。

とすれば……。

璃々の脳内に、いくつもの不自然なピースが浮かび上がった。

ピースを一つずつ嵌めてゆくと、様々な疑問が出てきた。

もしかしたら……いや、それはない。

しかし、可能性はゼロではない。

「ミルクの身になにかあったら、なにかあったら……」

智美が、うわ言のように繰り返した。

「村田さん、私に考えがあります。これから一緒に、『TAP』にきて貰ってもいいですか?」

「ミルクを助けられるんですか⁉」

璃々は、智美の瞳を見据え頷いてみせると左手首を口元に近づけた。

「二人とも、至急、『TAP』に向かって。私と村田さんもすぐに行くから。どうぞ」

涼太と天野に無線で指示を出した璃々は、智美の手を取りビルのエントランスを出た。

3

「今度は、オウムですか……かわいそうに」

道玄坂上の「レジデンス道玄坂」の指定されたメイルボックスに投函されていた、動物虐待団体を名乗る犯人からの脅迫状を覗き込んでいた涼太が、暗鬱な声で呟いた。

深夜の「TAP」の会議室には、重苦しい空気が張り詰めていた。

楕円形《だえんけい》のテーブルに着く涼太も天野も、通夜の参列者のような顔でうなだれていた。

智美は、会議室にきてからずっと嗚咽を漏らしていた。

「TAP」の職員と巡査を張り込ませていたのを二度も感づかれてしまい、ミルクがさらに危険な立場に追い込まれたことを考えると、智美がこの世の終わりみたいな顔をしているのも頷ける。

「フェイントをかければ、僕達のどちらかに動きがあると予測したってことですよね？　犯人は、恐ろしく頭の切れる奴ですね。それにしても、許せません……非道にも、程があります」

天野が、震える声で吐き捨てた。

「それとも、トリックがうまいのか……」

璃々は呟いた。

「トリックって、なんですか？」

涼太が怪訝そうに訊ねてきた。

「なんでもないわ。可能性の一つを言っただけ。それより、これからどうするかよね」

璃々は話を逸《そ》らし、腕組みをして眼を閉じた。

いまは、まだ説明するだけの確証はない。

それに、可能性としても高いとは言えない推理だ。

だが、もし、璃々の勘が当たっているなら……。

「これから、どうするんですか!?　早く犯人を捕まえてください！　こうしている間にも、ミルクが……ミルクが！」

智美が、涙声で叫んだ。

「大丈夫です。犯人は、ミルクちゃんに危害を加えたりしませんから」

璃々は眼を開け、智美を安心させるように言った。

安心させるための方便ではなく、璃々には確信があった。

あとは、裏付けが取れるかどうかだ。

「どうして、そう言い切れるんですか⁉　二度も続けて失敗してミルクを危険な立場に追い込んでいるのに……納得できるように説明してください！」

智美が、ヒステリックに詰め寄ってきた。

「村田さん、落ち着いてください。我々も、最善を尽くしていますので……」

「そんな悠長《ゆうちょう》なことは、言ってられませんよ。脅迫状の最後にあったように、料理法が決まったら追って連絡するとか書いてあるわけですし。もちろん、ミルクちゃんのことを指しているのは間違いありません」

智美をなだめようとする涼太を遮り、天野が言った。

「そうね。受け身ばかりでいても埒が明かないから、こっちからも仕掛ける必要がありそうね。村田さん、今度犯人から電話があったら、こう言ってください。もう、『TAP』は信用できないから、私が五百万を指定された場所に持って行きます……と」

璃々の出した指示に、智美が驚いて眼を見開いた。

「犯人は、『TAP』の職員に身代金を要求しているのに、そんなこと言ったら怒るんじゃないんですか？」

「安心してください。犯人は脅迫状で、『TAP』に身代金を指定した場所に持ってくるように要求しましたが、届けろとは書いてありませんでしたから」

「私一人で、大丈夫でしょうか？」

智美が、不安げな瞳で璃々をみつめた。

「犯人にとっては、五百万も入るし智美さん一人のほうが危険性も少ないし、身代金の出どころは『TAP』ですし、いいことずくめだと思います」

「あの……北川さん、それは危険だと思います」

天野が、遠慮がちに口を挟んできた。

「あら、どうして？」

本当は訊かずとも、わかっていた。

「北川さんは、今回の犯人は愉快犯だと言ってましたよね？　そうであれば、『TAP』の職員が振り回されたり右往左往するのを見るのが目的なので、たとえ五百万が入ったとしても『TAP』が手を引き村田さん一人を行かせるのは、納得できないんじゃないでしょうか？」

璃々もそう考えていた。

ただ、ある可能性を疑い始めてからは違った。

「理想はそうね。でも、これ以上の失敗は許されないわ。こっちからも仕掛けなきゃ」

「先輩、もう失敗を繰り返せないのはわかりますが、村田さんに身代金を一人で届けさせるのが、どうして仕掛けることになるんですか？　お金だけ受け取って、ミルクちゃんを返さないかもしれませんよ？」

「もちろん、村田さんを尾行するのよ」

「え？　それじゃあ、バレる可能性があるのはいままでと同じじゃないんですか？」

涼太が、怪訝な顔で訊ねた。

「もちろん、リスクは付きものよ。だけど、こっちが主導権を握れるぶん、バレる可能性は低くなるわ」

璃々は、涼太に疚しさを感じながら言った。

敵を欺くにはまず味方から……いま、みんなにシナリオを明かすわけにはいかない。

「たしかに、北川さんの言うようにそのほうがリスクは減るかもしれません。でも、なくなるわけじゃありませんよね？　言いづらいんですが、今回だって犯人がどう出るかわかりません。三度目があったとしても、もし尾行がバレるようなことがあったら……」

天野が、智美の存在に気づき慌てて口を噤《つぐ》んだ。

智美がテーブルに突っ伏し号泣した。

「ちょっと、なに縁起でもないこと言ってんだよ！　村田さんを、泣かせちゃったじゃないか！」

涼太が、ここぞとばかりに天野を非難した。

「あ、いえ、そういう意味じゃなくて……村田さん、すみません！　ミルクちゃんが殺されたとか言いたいわけじゃ……」

動揺する天野の言葉が、智美の叫喚《きょうかん》に掻き消された。

「ほら！　また火に油を注ぐ……」

「静粛《せいしゅく》に！」

璃々は、手を叩きながら言った。

「村田さん、ミルクちゃんを救いたいですか？」

璃々の問いかけに、智美は泣き止み顔を上げた。

「……そんなの、あたりまえじゃないですか！」

智美が、涙目で璃々を睨みつけてきた。

「だったら、気をしっかり持ってください！　泣いてばかりいても、ミルクちゃんを救えませんよ！」

「ちょっと、先輩、そんなきつい言いかた……」

「あんたは黙ってて！」

璃々は涼太を一喝した。

「ミルクちゃんはいま、大好きな飼い主さんと会えるのを心待ちにしています。それなのに、肝心な村田さんがそんなふうに取り乱していたらミルクちゃんも不安になります。犬は、飼い主さんの心を読む天才ですからね」

「でも……現にミルクは、囚われて危険な目に遭っているんですよ⁉」

智美が、嗚咽交じりに言い返した。

「私達を、信じてください。今度は必ず、犯人を捕まえますから」

璃々は、智美に力強く断言した。

「どうして、そう言い切れるんですか⁉　ミルクになにかあったら、責任は取れるんですか⁉」

智美が、厳しい口調で詰め寄ってきた。

「私に、考えがあります。繰り返しになりますが、必ず犯人を捕まえてみせます」

璃々のふたたびの断言が合図のように、ポケットの中でスマートフォンが震えた。

「どこに行くんですか？」

席を立つ璃々に、涼太が訊ねてきた。

「お手洗い。すぐ戻ってくるから」

言いながら会議室を出た璃々は、足早にトイレの個室に入りスマートフォンを取り出した。

『報告だ』

受話口から、西野《にしの》の掠《かす》れ声が聞こえてきた。

西野は民間のペット探偵社の調査員だ。

璃々が「TAP」の捜査で行方不明の柴犬《しばいぬ》を捜しているときに、別ルートからの依頼で同じ柴犬の行方を追っていた西野と出会って以来の付き合いだ。

「TAP」にも情報部という信用調査会社のような部署があるが、部長の兵藤に知られたくない調査は西野に依頼していた。

「ご苦労様です。なにかヒットしました？」

『ああ。あんたの推測通りだったよ』

西野の報告に、肌が粟立《あわだ》った。

疑いはあったが、いざ、現実になってしまうと衝撃が大きかった。

「大変だったでしょう？」

『大変なんてもんじゃない。二十四時間不眠不休で働き続け、頭は割れそうに痛いし眼球は破裂しそうだし、吐き気はするし……』

「わかりました。報酬は弾みますから」

璃々は、苦笑いしながら西野の要求愚痴を遮った。

『一つ、訊いてもいいかい？』

「なんですか？」

『こんな労力使わなくても、確認すれば一発でわかったことじゃないのか？』

「それはそうですが、犯人に感づかれるリスクがあります」

『まったく、用意周到なお嬢さんだな』

西野が、呆れたように言った。

「二度も煮え湯を飲まされてますから。今度は、失敗が許されません。では、早速ですが、資料を自宅のほうに送ってください。確認し次第、報酬《ほうしゅう》を振り込みます。では、失礼します」

璃々は用件を伝えると電話を切り、個室を出た。

立ち止まり、気を落ち着かせるために洗面所で手を洗った。

「さあ、これからが大勝負よ」

鏡に映った自分に、璃々は鼓舞《こぶ》するように言った。

4

璃々達を乗せたバンは、富ヶ谷《とみがや》の交差点を越えた。

バンは、車二台を挟んで智美の乗るタクシーを追跡していた。

さい。

――明日の午後二時に、初台の「東京オペラシティ」にくるように言われました。着いたら連絡が入るまで待っているようにと。

――じゃあ、一時三十分に神泉町交差点にタクシーを手配しますから、それに乗ってください。


璃々は、昨日の智美との電話でのやり取りを思い出していた。

知り合いのタクシー運転手に事情を話して智美を拾って貰うことにして、璃々達は一時十五分から神泉の交差点周辺の路肩に停車させたバンに待機していた。

運転手は璃々達の乗る車をルームミラーで確認しながら走っているので、撒《ま》かれる心配はない。

平日のこの時間帯であれば、神泉町交差点から初台の「オペラシティ」まで十分もあれば到着する。

「見張りとかいないでしょうね？　今度バレたら、三度目の正直になっちゃいますよ」

ステアリングを握る涼太が、パッセンジャーシートの璃々を横目で見ながら緊張した面持ちで言った。

「それを言うなら、仏の顔も三度までじゃないですか？」

後部座席から、天野がツッコミを入れた。

「さ、三度目の正直でミルクちゃんが危ないって意味で言ったんだよ！」

涼太が、苦しい言い訳をした。

「村田さんが、自宅から監視されていたらまずいですね」

天野が、涼太の無理のある反論には付き合わず懸念を口にした。

「無視するんかい！　それに、それは最初に俺が言ったことだろう⁉」

涼太が関西芸人ふうのツッコミをし、天野に抗議した。

「もう、そんなことどっちでもいいじゃない。二人とも、張り合っている場合じゃないでしょう」

璃々は、涼太と天野を窘めた。

「別に、僕は張り合っては……」

「監視はついてないはずよ」

天野を遮り、璃々は言った。

「え⁉　どうしてわかるんですか？」

涼太が訊ねてきた。

「あとから、はっきりするわ。いまは、タクシーを見失わないように集中して」

璃々の推理が当たっているならば、あと一時間以内に犯人からのメッセージが入ってくるはずだ。

「もう一つだけ、いいですか？」

「なに？」

「五百万を村田さんに預けて、ミルクちゃんも戻ってこずに犯人に強奪《ごうだつ》されたらどうするんですか？」

涼太の声は、不安げだった。

彼も五百万のうち五十万を出しているので、心配するのは無理もない。

「だから、見失わないようにしなきゃね。村田さんを見失ったら犯人を逮捕できないから、ミルクちゃんが帰ってきてもお金は戻ってこないわよ」

璃々は、涼太に話を合わせた。

この段階で、真の狙いを明かすつもりはなかった。

もちろん、涼太と天野を信用していないわけではない。

西野からの報告で、璃々の読みは九十九パーセント当たっていることがわかった。

しかし、百パーセントではないかぎり口にはできなかった……いや、してはならない。

読みが外れたときに降り掛かってくるだろう責めは、自分一人で背負うつもりだった。

「犯人は、村田さんをどこに呼ぶつもりでしょうか？　複数犯だった場合、危険ですね」

天野が、不安げな表情で言った。

「お金さえ入れれば、村田さんに危害を加えることはないわ」

「あの……口封じとか？」

涼太が、恐る恐る口を挟んだ。

「馬鹿ね。映画の見過ぎよ」

璃々は一笑《いっしょう》に付《ふ》した。

そう言ったものの、西野からの報告で犯人の全体像が見えていなければ、璃々もその可能性を考えたかもしれない。

「そうですよね。ワンコの誘拐で飼い主に危害を加えることなんて、ありえませんよね」

涼太が、自らに言い聞かせた。

智美を乗せたタクシーが甲州《こうしゅう》街道を渡り、「オペラシティ」の横で停車した。

「追い越して五メートル先で停まって」

璃々は涼太に命じた。

バンはタクシーを追い越し、スローダウンした。

近くに犯人がいることを想定し、「TAP」の専用車は使っていなかった。

「村田さんが、電話をかけています」

背後に首を巡らせ、天野が言った。

リアウインドウにも遮光フィルムが貼ってあるので、バンの車内は見えないようになっている。

「犯人は現れるんですかね？　それとも、またあちこち移動させるんですかね？」

「さあ、どう出てくるかしらね」

涼太の問いかけを、璃々は受け流した。

本当は、だいたいの見当はついていた。

当たってほしいという気持ちと、当たってほしくないという気持ちが璃々の胸内《きようない》で激しく綱引きした。

リアウインドウ越しのタクシーのリアシートなので、いまいち智美の表情は窺えなかったが、頷いているのだけはわかった。

「ずいぶん、長いですね。なにを言われているんですかね？」

涼太が、不安げな声で訊ねてきた。

「やはり、また転々と移動させられるんでしょうか？」

天野も、気が気ではないようだった。

「あ、終わりましたよ！」

涼太の叫びと同時に、璃々のスマートフォンが震えた。

ディスプレイには、村田智美の名前が表示されていた。

『村田です……』

受話口から、強張った智美の声が流れてきた。

「なんと言ってましたか？」

訊かずとも、ある程度の察しはついた。

『もう……終わりですっ……ミルクが……ミルクが……ああ……あああ！』

取り乱した智美の叫喚が、スマートフォンのボディを震わせた。

「落ち着いてくださいっ。犯人は、なんて言っていたんですか!?」

『尾行が……尾行がバレていたんです！　ミルクの命はないと……いったい、どうするんですか！　ミルクが死んだら、あなた達のせいですよ！』

智美の絶叫《ぜっきょう》は、受話口から漏れて涼太や天野にも聞こえるほどだった。

「とにかく、会って話しましょう。運転手さんに電話して行き先を告げますから、とりあえず切ります！」

言い終わらないうちに璃々は電話を切り、すぐに運転手の番号をタップした。

「尾行がバレたんですか!?」

「犯人に気づかれたんですか!?」

涼太と天野が、競うように訊ねてきた。

「話はあとよ」

『もしもし』

コール音が途切れ、運転手の声が流れてきた。

背後では、智美が号泣していた。

「いまから言う住所に向かってください。渋谷区円山町《まるやまちょう》……」

璃々は、目的地の住所を告げると電話を切った。

「円山町……どこに行くんですか？」

「村田さんと合流してから、説明するわ。あなたも渋谷に向かって」

すかさず質問してくる涼太に、璃々はシートに背を預け眼を閉じた。

犯人が三度《みたび》出てくるだろうという璃々の予想は当たった。

西野の報告と合わせて、もう間違いはないはずだ。

だが、わからないのは動機だ。

なにが目的で、こんなことを……。

一つはっきりしたのは、犯人が単なる愉快犯ではないということだった。

☆

智美を乗せたタクシーに十数秒遅れで、璃々達を乗せたバンは「新円山町ビルディング」のエントランス前に到着した。

「ここに、どなたかいらっしゃるんですか？」

璃々に続いてバンから降りた天野が、ビルを見上げながら訊ねてきた。

「行けばわかるわ」

璃々は天野の質問を受け流し、エントランスの前で待つ智美のもとへ、足早に向かった。

「こんなところにきて、いったい、なんのつもりですか⁉　ミルクの命が危ないというときに……早く、助けてあげてください！」

智美が、泣き嗄《か》れた声で訴えた。

「ご安心ください。ここにいる知り合いが、犯人を押さえました」

璃々は、智美の肩に手を置き言った。

「え⁉　犯人を⁉」

智美が驚きに眼を見開き、素頓狂な声を上げた。

璃々は、力強く頷いて見せた。

「えーっ！　先輩っ、本当ですか⁉」

璃々は涼太に顔を向け、ふたたび頷いた。

「いつですか⁉　ここにいる知り合いって、誰ですか⁉」

天野も、狐《きつね》につままれたような顔で質問を重ねた。

「とりあえず、入りましょう」

璃々は天野の質問に答えず、智美を促しエントランスに足を踏み入れた。

☆

三〇一号室。エレベーターを降りた璃々は、老朽化《ろうきゅうか》した壁とアンバランスなブルーのペンキに塗り直されたドアの前で足を止めた。

「探偵社に、なんの用ですか？」

涼太が、訝しげな顔で「西野ペット探偵社」のプレートに視線をやった。

智美も泣き腫《は》らした眼で、プレートをみつめていた。

「以前からの知り合いで、犯人の情報をいろいろと集めて貰っていたのよ」

璃々は、説明しつつインターホンのボタンを押した。

「それなら、うちにも『情報部』があるじゃないですか？」

涼太が、予想通りの質問を口にした。

「部長にごちゃごちゃ言われたくないから。それに、汚いところだけど腕はいい……」

「汚いところで悪かったな。ドブネズミみたいな俺にお似合いだと思ってるんだろう？」

璃々の言葉を遮るようにドアが開き、西野が憎まれ口を叩いた。

「あ……ごめんなさい。そんなこと、思っていません！」

慌てて、璃々は否定した。

「冗談だ冗談。さ、入ってくれ」

ヤニに黄ばんだ歯を剝《む》き出して笑い、西野が璃々達を事務所内に促した。

十坪ほどの事務所内は、スチールデスクと書庫とパソコンがあるだけの簡素な空間で、机上にはファイルや書類が散乱していた。

「俺は仕事があるから、奥のミーティングルームを好きに使っていいぞ」

西野がデスクに座り、背後のパーティションの壁を肩越しに指した。

「ありがとうございます。失礼します」

璃々、智美、涼太、天野の順でフロアの奥に進んだ。

パーティションで区切られただけの空間は五坪もなく、合成皮革のソファと傷だらけの木製テーブルが置かれているだけだった。

「なにがミーティングルームだよ……」

「こら。聞こえるわよ」

呆れる涼太を、璃々が窘めた。

「もう聞こえてるぞ。嫌ならほかのところでやれ」

パーティション越しに、西野の掠れ声が聞こえた。

「すみません！　ほら、あんたも早く謝りなさい！」

璃々は、涼太の後頭部を掌で押した。

「申し訳ありません！　使わせてください！」

涼太が、パーティションに向かって頭を下げた。

「わかればいい。以後、口に気をつけろや」

「はい！　以後、気をつけます！」

言葉とは裏腹に、顔を上げた涼太がパーティションに向かって右の拳を突きつけた。

璃々はため息を吐き、智美と向かい合う格好でソファに座った。

場所を借りるだけならほかでもいいが、西野がいなければ進まない話なので追い出されたら困ってしまう。

涼太が璃々の隣に、天野が智美の隣に座った。

「どうするつもりですか!?　早く犯人を捕まえてミルクを助けてください！」

開口一番、智美が璃々に詰め寄ってきた。

「その話をするために、ここへきました」

璃々は、落ち着いた口調で言った。

「ここにいたら、ミルクを助けられないじゃないですか!?」

執拗に、智美が食い下がった。

「ご安心ください。ミルクちゃんは、もう無事です」

「えっ!?」

璃々の言葉に、智美が眼を見開いた。

驚いているのは、涼太も天野も同じだった。

「先輩っ、無事ってどういう意味ですか⁉」

「ミルクちゃんを救出したんですか⁉」

涼太と天野が、矢継《やつ》ぎ早に質問をしてきた。

「犯人がわかって、ミルクちゃんの無事が確認できたっていうことよ」

璃々は、笑顔で涼太と天野に頷いた。

「こんなときに、そんなでたらめ言わないでください！　私を、からかっているんですか⁉」

智美が、血相を変えて言った。

「でたらめじゃありません。ミルクちゃんは無事……いいえ、最初から無事でした」

「最初から無事？」

涼太が、鸚鵡返しに聞いた。

「最初からミルクは無事って、それはどういう意味ですか⁉」

「だから、最初からミルクちゃんは誘拐なんかされていなかったということです」

璃々は、対照的に物静かな口調で言うと智美をみつめた。

「ミルクちゃんが誘拐されていない……あの、話が見えないんですけど」

天野が、怪訝な顔を璃々に向けた。

「私を馬鹿にしてるんですか⁉　ミルクが生きるか死ぬかの危険な目に遭っているときにそんなことを言うなんて……あんまりです！」

智美の叫喚が、狭い事務所内に響き渡った。

「どうして、犯人が捕まってないと思うんですか？」

璃々は智美の瞳を見据え、訊ねた。

「え……どうしてって……そんなこと、一言も言ってなかったじゃないですか⁉」

「村田さんが驚くのは当然です。俺達にも、そんなこと言ってなかったじゃないですか？」

涼太が、口を挟んできた。

「事情があって、あなた達には伏せていたの。悪かったわ」

璃々は、涼太と天野の顔を順番に見ながら詫びた。

「事情って、なんですか？」

天野が訝しげに眉根を寄せた。

「いま、説明するわ」

言いつつ、璃々はバッグから書類封筒を取り出した——Ａ４のコピー用紙を三枚、テーブルに並べた。

「これは……」

涼太が、全身の毛や羽根のないミルク、猫、オウムのカラーコピーの写真を見て絶句した。

「これ、どうしたんですか？」

天野が訊ねてきた。

「プリントアウトしたの。これが、ミルクちゃんが誘拐なんてされていない証拠よ」

璃々は、涼しい顔で言った。

「この写真は、犯人から送られてきた脅迫写真をプリントアウトしたものじゃないですか⁉　どこまで、私を馬鹿にすれば……」

「私、犯人が用意した村田さんへの指示用のスマートフォンを預かったことないですよね？　なのに、どうやって猫の写真をプリントアウトできるんでしょうか？　それとも、脅迫状のミルクの写真から文字だけを消してプリントアウトしたとでも？」

熱《いき》り立つ智美を、璃々は質問で遮った。

「それは……」

智美が言い淀んだ。

「どうやって、コピーしたんですか⁉」

涼太が、ミルクのカラーコピーを指差した。

「西野さん！」

璃々が大声で呼ぶと、タブレットPCを手に西野が現れた。

「ほらよ。俺が見つけた」

西野が得意げに言いながら、タブレットPCをテーブルに置いた。

ディスプレイに表示されているサイトを見た智美の顔が強張った。

「『動物アートコレクション』？」

涼太が、サイト名を読み上げた。

「イッツ、ショータ――イム！」

西野が芝居《しばい》がかった口調で、ギャラリーをタップした。

「緊縛《きんばく》、生き埋め、水責め、剃毛……これは、なんですか？」

今度は、カテゴリ別に出てきたタイトルを天野が読み上げた。

「見て驚けよ〜」

喜色満面《きしょくまんめん》になった西野が「緊縛」の欄をタップすると、ロープで亀甲縛《きっこうしば》りにされ吊るされた様々な種類の犬と猫の画像がディスプレイを埋め尽くした。

「なんだこれ⁉」

涼太が素頓狂な声を上げた。

「CGですか？」

天野がディスプレイに顔を近づけた。

智美は、無言で顔を強張らせていた。

「馬鹿言ってんじゃねえよ。本物だよ、モノホン！　次は……」

西野が「生き埋め」の欄をタップすると、土に首まで埋められたトイプードル、ミニチュアシュナウザー、フェレット、アメリカンショートヘアーなどの画像が表示された。

「マジか……」

「嘘でしょ……」

画像がCGではなくリアルだと聞かされた涼太と天野は、二の句が継げなかった。

智美の膝上に置かれた手が、小刻みに震えていた。

「まだまだ！」

西野が「水責め」の欄をタップすると、水中でもがくチワワ、ゴールデンレトリーバー、ペルシャ猫、ウサギなどの画像が現れた。

「こんなの、許せません！」

涼太が顔を紅潮させて、ディスプレイに怒声を浴びせた。

「動物虐待のサイト……」

天野が、震える声音で呟いた。

「さあ、いよいよメインディッシュだ！」

西野が「剃毛」の欄をタップした。

ディスプレイを、全身の毛を刈られた犬、猫、鳥、エキゾチックアニマルの画像が次々と埋め尽くしてゆく。

「えーっ!?」

「これは!」

何十枚目かの画像……ミルクの全身の毛を剃られた画像に、涼太と天野が揃って大声を張り上げた。

「こっちも見て」

璃々は、猫とオウムの画像を指差した。

「なんで、脅迫写真がこのサイトにアップされてるんですか!?」

涼太が、目を白黒させた。

「犯人が趣味で投稿したとか?」

天野の問いかけに、璃々はゆっくりと首を横に振りながらミルクの画像の左下に表示されている日付に指を移動させた。

「この画像が投稿されたのは五年前……つまり、ミルクちゃんが誘拐される五年前に撮られた写真よ。これが、なにを意味しているかわかる?」

璃々は、涼太と天野に交互に視線をやった。

「もしかして……」

「そう、全身の毛や羽根を失ったミルクちゃんも猫もオウムも、犯人がサイトにアップした画像じゃなくて、サイトから引っ張ってきた画像ってことよ」

天野の言葉の続きを、璃々は引き継ぎ説明した。

「ということは、つまり……」

「ミルクちゃんは命の危険にさらされているわけでもなく、なにより、最初から誘拐なんてされていない……そもそも、名前だってミルクじゃないわ」

ふたたび天野の言葉の続きを、璃々は引き継ぎ説明した。

「嘘でしょ！」

涼太が裏返った大声を上げた。

「嘘じゃないわ。そうよね？　村田さん」

璃々は、天野から視線を智美に移した。

突然、智美が両手で顔を覆い泣き始めた。

「あんまりです……ミルクが殺されるかもしれないのに……私が嘘を吐いているみたいに……」

しゃくり上げつつ、智美が号泣した。

「先輩……いくらなんでも、まずいですよ。村田さんが、嘘を吐くはずないじゃないですか」

涼太が、テーブルに突っ伏す智美に同情の視線を向けた。

「じゃあ、村田さんに送信された、誘拐されて毛を刈られた犬と、二度の張り込みがバレた見せしめとして送られた猫とオウムの画像が、五年前からこの動物虐待サイトにアップされていた事実はどう説明する気？」

璃々は、三枚のカラーコピーを手にすると涼太の顔前に突きつけた。

「それは……」

涼太が言葉に詰まった。

天野は、複雑な色を宿した眼で嗚咽する智美をみつめていた。

璃々も、同じだった。

推理に確信はあった。

疑いが芽生えたのは、二度連続で張り込みがバレてしまったことがきっかけだ。

一度目だけならまだしも、失敗の反省を活《い》かして二度目は、涼太と天野の配置を慎重過ぎるくらいに犯人の指定場所から離れた位置にした。

だが、あっさりと犯人にバレてしまった。

もう一つは、約束を破って捜査員を張り込ませた罰として、猫とオウムの写真を送ってきたことだ。

智美に絶対に約束を守らせたいための警告なら、毛を刈ったミルクにさらなる制裁を加えた写真を送り付けてくるほうが効果的だ。

しかし、犯人がミルクと思《おぼ》しき写真を送ってきたのは最初の一枚だけだった。

これだけなら、智美に疑いの目を向けることはなかった。

璃々の頭に智美の顔がちらつくようになったのは、母親が原因だ。

いくら智美が親を心配させないために犯人とのやり取りの詳細を話していなかったとはいえ、ここまで関知していないのは不自然過ぎる。

母親も、一緒に暮らしていたペットが誘拐されたのだから、身代金のやり取り云々は娘に知らされていないとしても、一度くらいは璃々に捜査の進捗を聞こうと電話をしてきてもいいはずだ。

ちょっとずつの不自然さが積み重なった結果、張り込みがバレたのではなく、端から知っていたのではないか……そして、それを仲間に伝えて動物の制裁画像のメールが智美に送られてくる手筈《てはず》になっていたのではないかとの疑心が強くなった。

璃々が西野に依頼したのは、「マルプーの毛を刈る」、「マルプーを剃毛」、「猫の毛を刈る」、「猫を剃毛」、「オウムの羽根を毟《むし》る」、「ペット虐待画像」、「動物虐待画像」、「犬虐待画像」、「猫虐待画像」、「オウム虐待画像」などのキーワードで、虱潰《しらみつぶ》しに検索させ、ヒットした画像を片《かた》っ端《ぱし》からチェックすることだった。

この時点では、智美の自作自演を疑っていたわけではなく、犯人が自己顕示欲から自分の「芸術作品」をSNSなどで紹介しているのではないかと考えたのだ。

なにかの手がかりが摑めれば、という思いから起こした行動だった。

西野は気が遠くなるような労力を費やさずとも、智美の母親に事情聴取したほうが効率的だと勧めてきたが、璃々は却下した。

ミルクの存在も知らないであろう母親から、智美に話が伝わる可能性を危惧したのだ。

マルプー、猫、オウムの写真が五年前の日付で「動物アートコレクション」なるサイトにアップされていると西野から報告を受け、璃々が実際にサイトを見たときに確信した。

今回のマルプー誘拐事件は……。

「犯人はあなた……つまり、ミルクちゃん誘拐事件は村田智美さんの自作自演です」

璃々は、テーブルに突っ伏し、嗚咽に背中を波打たせる智美に断言した。

その瞬間、智美の嗚咽がピタリと止んだ。

しかし、璃々にはどれだけ考えてもわからないことがあった。

「教えてください。どうして、こんなことをしたんですか？」

璃々の問いかけに、ゆっくりと智美が顔を上げた。

つい数十秒前まで泣きじゃくっていたはずのその顔は般若《はんにゃ》の如き恐ろしい形相になり、憎悪の籠もった瞳で璃々を睨みつけてきた。

「どうしてこんなことをしたのか？　だって？　自分の胸に訊いてみなよ」

智美が、低く震える声音で言った。

それまでとは目つきや顔つきだけでなく、言葉遣いも別人のようになっていた。

「私達が、なにをしたって言うの？」

璃々は、自らの顔を指差しながら訊ねた。

「人を傷つけても平気なあんたには、わからないだろうね」

智美が、吐き捨てた。

「失礼じゃないか！　先輩が、なにをしたって言うんだよ⁉」

涼太が、厳しい表情で詰め寄った。

「あんたもだよ！　あんたら『ＴＡＰ』が、私の大事な人を傷つけたのよ！」

智美の金切り声が、事務所内に響き渡った。

璃々は、智美の顔をみつめ思考を巡らせた。

記憶違いがなければ、智美とは初対面だ。

となれば、智美の知り合いと接触したことがあるのか？

「俺達が、誰を傷つけたって言うんだよ！」

涼太が、憤然として席を立った。

「やめなさい。座って」

璃々は、涼太を諭《さと》しながら様々な顔を脳内のスクリーンに思い浮かべていた。

智美は「ＴＡＰ」の職員に恨みを抱いているに違いない。

だからこそ、身代金の五百万を「ＴＡＰ」に支払わせろという脅迫状を作ったのだ。

犯人……智美の目的は、五百万ではなく「TAP」を振り回し困らせることだった。

だが、璃々には心当たりが……。

不意に、智美が手にしていたスマートフォンの待ち受け画像が脳裏に蘇った。


——ウチは、家族ぐるみで彼のファンです。西宮翔さんって、大の犬好きなんです。インスタグラムに、いつも愛犬との画像がアップされています。


瞳を輝かせる智美の顔が、謎を解くヒントになった。

「もしかして、あなたの大事な人っていうのは、西宮翔さんのこと？」

璃々は訊ねた。

「やっとわかった？」

智美は、璃々を睨みつけたまま言った。

「はぁ!? まさか、あんた、西宮翔のことで逆恨みしてるのか!?」

涼太が大声を張り上げた。

「ふざけないで！　なにが逆恨みよ！　現場に居合わせた翔君の親友のマリオ君が、教えてくれたの！　あんた達、翔君がソルティを虐待してるとか言いがかりをつけて、逮捕したんですって!?」

智美が目尻を吊り上げ、般若の如き形相で璃々と涼太に詰め寄った。

マリオとは、西宮翔から頼まれソルティを預かっていたカップルの男性、健太に違いない。

「言いがかりじゃないよ！　それに逮捕じゃなくて、『TAP』に連行しただけだ」

涼太が、即座に否定した。

「逮捕も連行も同じことよ！　翔君を誰だと思っているの!?　あんた達一般庶民が気軽に声をかけることの許されない大スターなのよ！　しかも、目の中に入れても痛くないほど愛していたソルティちゃんを虐待しただなんて……あんた達のやったことは、翔君の輝かしい功績を汚《けが》し、純粋な心を踏みにじったのよ！」

智美がヒステリックに喚き散らし、血走った眼で璃々と涼太を睨みつけた。

「村田さん。それは違うわ。西宮翔さんは、ソルティちゃんが太るのを恐れて極端な糖質制限を強《し》いていたの。ミニチュアシュナウザーが一日に必要とするカロリーの十分の一ほどしか摂取してなくて、体重も平均の半分くらいで肋骨が浮き出ている状態だった。あのままだと、栄養失調で命の危険もあったのよ」

璃々は、智美に諭すように言い聞かせた。

「そんなの、ありえないし！　あんた達は、翔君がどれだけソルティのことを愛していたのか知らないのよ！　翔君が、ソルティを飢え死になんてさせるわけないじゃない！　翔君が、ブログで言ってたわ。人間だって肥満が原因で糖尿病になったり心臓に負担がかかったりするから、ソルティの食生活には細心の注意を払っているって！　欲しがるからって、なんでもかんでも与えてしまうのは本当の愛情じゃなく、ただの甘やかしだって！　翔君は自分にもそうだけどストイックなのっ。ソルティの健康を考えるからこそ、心を鬼にするときがあるのよ！　翔君のソルティにたいしての深い愛情を知らないくせに、表面的なことで虐待だなんだって決めつけて連行するなんて……私は、絶対にあんた達『ＴＡＰ』を許せないわ！」

興奮がエスカレートした智美が、唾液を飛ばしながら璃々に人差し指を突きつけた。

「西宮さんが愛していたのは、スマートなソルティなの。太ったソルティはいらない……そう言ってたわ」

「でたらめばかり言わないで！　翔君は、そんなひどいこと言わないわ！」

智美が、髪を振り乱し金切り声で叫んだ。

「でたらめじゃないわ。彼にとってソルティは、アクセサリーだったのよ。連れて歩くのに恥ずかしくないペット……それが、彼の理想のペットだったの」

突然、奇声を発した智美が璃々に摑みかかってきた。

「先輩っ……」

「でも、彼は変わったわ」

涼太より先に璃々は、智美の両手首を摑んで言った。

「放してっ、放しなさいよ！」

智美が、璃々の手を振り払おうと激しく上半身を左右に捻《ねじ》った。

「連行されようとした大好きな飼い主を、ソルティは追いかけたの。栄養が足りてなくて衰弱していたソルティは足を縺れさせて転倒したけど、懸命に起き上がってよろけながら飼い主のもとに向かったわ。命懸けでついてこようとするソルティの姿に、彼は気づいたの。純粋に愛してくれているソルティに、自分がなんてひどいことをしてしまったのかって」

「嘘よっ、嘘！　絶対に、そんなでたらめ信じないから！」

「嘘じゃないわ」

璃々は智美の手首を放し、スマートフォンを取り出し、宣誓リストのタイトルの動画フォルダをタップした。

「これを見て」

璃々は、智美にディスプレイを向けスマートフォンをテーブルに置くと再生キーをタップした。

「えっ……」

映像に現れた人物を眼にした智美が息を呑んだ。

『西宮翔です。僕はいままで、自分の見栄のためにソルティに取り返しのつかないことをしてきました。かっこ悪い犬を連れている姿を人に見られたくない、飼い犬が太っていると自分がだらしないと思われてしまう……考えるのは自分のことばかりで、ソルティがどれだけつらかったか……』

「説得室」のデスクチェアに座った西宮翔が、声を詰まらせた。

傍らに寄り添うソルティが、西宮翔を心配そうに見上げていた。

「TAP」では、相当にひどい虐待犯でないかぎり、容疑者に改心を促すために「説得室」に連行する。

心の底から反省し、二度と動物を虐《しいた》げないだろうと判断されたら、最後に「宣誓」を動画におさめ容疑者に渡す。

人の心は移ろいやすいものだ。

反省したときの気持ちをいつまでも忘れないようにするために、定期的に見ることを勧めていた。

『こんなガリガリになっているのに気づかないで……いや、気づいても見て見ぬふりをして……ひどい飼い主だよな。それでも僕を嫌いにならないでいてくれて……走る体力なんか残ってないのに僕を追いかけてきてくれて……ごめんな……ソルティ……ごめんな……』

西宮翔が、ソルティを抱き締め泣きじゃくった。

「どう？　信じた？」

璃々は、強張った顔でディスプレイを凝視していた智美に問いかけつつ、動画を消した。

束の間の沈黙の後、突然、智美がテーブルに突っ伏し号泣した。

「ソルティちゃんは、西宮翔さんが有名な俳優でも、無名な貧乏人でも……同じように愛すわ。人間みたいに、肩書や損得で判断しないの。西宮さんにも、ソルティちゃんの純粋さが伝わったのよ。あなたのやったことは、許されることじゃない。救いは、本当に虐待したんじゃなかったことよ。けれど、罪は罪。本来なら、あなたも共犯者も、ここにいる天野巡査に逮捕して貰わなきゃならないわ」

璃々の言葉に、智美が涙でぐしゃぐしゃになった顔を上げた。

「私が悪いんです！　彼女は、私に頼まれて手伝ってくれただけなんです！」

智美が、必死に訴えた。

「彼女というのは、あなたとどういう関係なの？」

璃々は訊ねた。

「翔君のファンクラブで親しくなった友人です。私の部屋にあったケージも彼女に借りていたので、母に見つからないようにしていました……」

「村田さんの頼みを聞けるかどうかは、詳しく話を聞いてからだわ。その友人に、あなたはどういうふうになにを頼んだの？」

璃々は質問を重ねながら、眼を閉じた。

智美の瞳の色の変化を見た璃々は、既に心が決まっていた。

第四章　可愛がってくれる飼い主を待つ犬達

1

「譲渡を希望される人ならば、誰でもいいというわけではありません。当センターで定めた譲渡資格九箇条をご説明します」

「ＴＡＰ」の会議室での勉強会——動物愛護相談センターから派遣されてきた男性職員が、ロールスクリーンに映し出された文字に指示棒を当てた。

今週の土日の二日間に亘《わた》って、「ＴＡＰ」と動物愛護相談センターが合同で「譲渡会」を開くことになった。

つまり、保護犬や保護猫に新しい飼い主を見つけてあげる会を開催するのだ。

勉強会には、「ＴＡＰ」の捜査一部……犬猫専門の部署から部長の兵藤以下総勢十人が参加していた。

長机が三列並び、兵藤は最前列に陣取り、璃々と涼太は三列目に座っていた。

東京都では昭和五十八年には年間に約五万六千頭の犬猫が殺処分されていたが、平成三十年には悲願の「殺処分ゼロ」を達成した。

引き取り手のない保護犬や保護猫を、動物愛護相談センターから譲り受け飼い主を募るボランティア団体の地道かつ献身的な活動なくしては、悲願は達成できなかっただろう。

とはいえ、それはあくまでも東京都だけのデータであり、全国を見渡してみれば平成三十年度の殺処分数は犬が七千六百八十七頭で、猫が三万七百五十七頭となっている。つまり、全国ではいまだに四万頭近い犬猫が殺処分されているのだ。

「一つ目は、原則として都内の在住者で二十歳以上、六十歳以下の方です」

男性職員が、指示棒で文面をなぞりつつ言った。

「未成年は保護者の許可がいるからわかるんですが、なんで六十歳以下なんですかね？」

涼太が、小声で訊ねてきた。

「平均寿命が八十歳だとして、還暦を超えていると二十年ないわけでしょう？　犬猫も寿命が延びているから、高齢になって飼い始めると生涯飼育が難しいという判断よ」

「ようするに、六十歳以上だとペットより先に死んじゃう可能性が高いからだめってことですよね？」

「死んじゃうと決めつけているわけじゃないわ。生きてても、寝たきりとか身体に障害を抱えながらだと、犬や猫の世話どころじゃないでしょ？　ペットの最期を看取《みと》るまで、健康体でいられるかどうかということを重要視しているのよ」

「ふ〜ん、病んでいる人にこそ動物との触れ合いが大事だと思うけどな」

涼太が、釈然としない顔で言った。

「だからって、餌も貰えず散歩も行けない状態になったらかわいそうでしょう？　生き物を飼うということは、それだけの責任と体力が必要になるのよ」

璃々が諭すと、涼太が神妙な顔で頷いた。

「第二に、現在、犬や猫を飼育していない方。保護犬と保護猫は幼少時代に社会性を身につけていない場合が多いので、先住犬や猫がいる場合に馴染《なじ》めない可能性が懸念されます。第三に、家族に動物アレルギーを持っている方がいない方、第四に犬、猫の飼育を同居者全員が賛成している方。第五に最後まで責任を持って飼い続けることができる方、第六に経済的、時間的に余裕がある方、第七に動物に不妊去勢手術による繁殖制限処置を確実に実施できる方、第八に集合住宅、賃貸住宅の場合は、規則等で動物の飼育が許されている方、第九に、当センター主催の譲渡事前講習会を受講している方……いま挙げました九つの条件を満たしていることが、譲渡の条件です」

「保護動物を引き取るって、条件が厳しいんですね」

涼太が、ため息を吐いた。

「さっきも言ったように、生き物はぬいぐるみやオモチャを買うのとわけが違うんだから、人間の勝手な都合で飼育放棄なんてしちゃだめなの。近年、保護犬、保護猫が妙なブームになっているから、ミーハー気分で引き取りたがる人が多いのよ。だから、入り口を絞る必要があるってわけ……っていうか、さっきからあんたさ、初めて聞いたみたいなリアクションだけど、『TAP』の研修のときに習ってるはずでしょ？」

璃々は、涼太を軽く睨みつけた。

「あ、いや……俺は、過去を振り返らないタイプですから」

涼太が、苦笑いしながらしどろもどろに言った。

「正当化しないの」

璃々は呆れた顔で涼太をみつめた。

「……すみません。それにしても、村田智美にはびっくりでしたね」

涼太が、話を逸らすように言った。

――翔君を愛犬の虐待容疑で逮捕したバカ女を懲《こ》らしめてやりたいから協力してほしいと、私から頼んだんです。犯人の振りをして私にメールを送信したり、電話をかけてくれるだけでいいからと。友人は言われたタイミングでメールを送っていただけで、文面は私が考えました。だから、友人は私に言われるがままメールを送信しただけなんです。

脳裏に、一週間前の「説得室」での智美の声が蘇った。

――頼まれたから、メールを送っただけだから、というのは免罪符にはならないわ。その話を持ちかけられたときに、お友達は村田さんがなにをしようとしているかを察したはずよ。メールの内容だって読んだら、脅迫文だとすぐにわかるはずだし。止めるどころか協力した時点で、お友達もあなたと同罪よ。

璃々は、敢えて厳しい言葉で戒《いまし》めた。

出来心が、取り返しのつかない大事《おおごと》に発展することもある。

最終的に逮捕しないまでも、こってりと油を絞っておく必要があった。

「あの二人を、ラブ君に引き渡さなくてよかったんですか？　誘拐と虐待はしていなくても、立派な脅迫ですよ？」

涼太の訝しげな声が、回想の扉を閉めた。

結局、翌日に協力者の友人も「説得室」に呼び、智美とともに油を絞ったのちに罪を不問にした。

「犯人を逮捕することも大切だけど、反省を促し改心させることのほうがもっと大事よ。身体を拘束しても、心まで縛り付けておくことはできないから。本当の意味で自分の犯した罪を悔い改めないと、自由の身になったら同じことを繰り返すわ」

「そんなもんですかねぇ」

「さあ、いまは、『譲渡会』の説明に集中しなさい」

璃々は涼太を促した。

彼は、講習会や勉強会の類《たぐい》を苦手にしていた。

「今週の土日は、まず、犬の『譲渡会』を行います。当日は『TAP』の本部ビル屋上を譲渡会場とし、三十頭の犬を集めます。雨が降った場合は、この会議室を会場とします。飼い主に名乗りを上げた方は、一週間後に『TAP』で面接して貰います。保護犬を引き取る気持ちに心変わりはないかどうかを確認し、問題なければ引き渡しの手続きに入ります。犬種と個体別の特徴と状況はお手元に配りましたプリントにもありますが、今回は五歳以上の小型犬と、中型犬以上の引き取り手の少ない条件の犬を中心に集めました」

男性職員の言うように、「譲渡会」に登録してある保護犬は、中年期以降の小型犬とシベリアンハスキー、ジャーマンシェパードなどの中型犬以上がほとんどだった。

「このメンツは、きついですね……」

涼太が、渋い顔で呟いた。

「始まる前から、なに弱音吐いているの」

窘めはしたものの、涼太がそう言いたくなる気持ちもわかる。

保護犬ボランティアセンターに引き取られた犬種別データを見ても、八割以上が一歳以下のトイプードル、ミニチュアダックス、シーズー、ミニチュアシュナウザーなど人気の小型犬だった。

その人気の犬種であっても、三歳を超えると一気に引き取り手が少なくなる。

中型犬以上の成犬なら、なおさらだった。

しかし、だからこそ、「譲渡会」では敢えて難度の高い条件の保護犬を扱うことに意義があるのだ。

「『譲渡会』の目的は、一頭でも多くの保護犬の飼い主を見つけてあげることですが、それと同じくらい重要なことは、譲渡希望者の方をしっかり見極めてほしいということです。理由は様々ですが、保護犬達のほとんどは飼い主に見捨てられた子です。残念な話ですが、引き取り手の中には引き取ったあとでふたたび当センターに持ち込む方や、病気などで面倒を見ることができなくなった方が少なからずいらっしゃいます。譲渡希望者との面接の際は、生涯飼育できる方かどうかを性格面、健康面、経済面など様々な側面からチェックしてください」

「中型犬や成犬はただでさえ引き取り手が少ない犬達なのに、そんなに厳しくしたらなおさら新しい飼い主なんて見つかりませんよ」

涼太が、ため息交じりに呟いた。

「だからって、どんな人かよくチェックもしないで送り出して、また捨てられたらどうするの？　短い犬生の中で、この子達を何度も傷つけることになるのよ」

璃々はそう返しながらも、複雑な気分になった。

保護犬に幸せな生活を送らせてあげたいと思う反面、中型犬や成犬は譲渡希望の申し出を断ったら次に声がかかる保証はない。

引き渡しに慎重になり過ぎて、保護犬は飼い主なしの犬生を送ることになるのかもしれないのだ。

それで済むなら、まだましなほうだ。

動物愛護相談センターでは、引き取り手のない保護犬には殺処分が待っていることもある。しかし、全国のセンターが殺処分ゼロという目標に向け、努力している。

璃々達の判断に、保護犬の未来がかかっているのだ。

「ほかで引き取り手のない条件の犬を積極的に飼いたがる譲渡希望者には、一層の注意を払ってください。中には、募金を集める手段として同情を引くための客寄せ犬として利用する不徳な輩《やから》もいます。もちろん、純粋に通じるものを感じて手を挙げる方もいるでしょう。保護犬の一生にかかわる問題なので、そのへんのところよろしくお願いします」

「責任重大ですね～。でも、これって、保護犬ボランティアセンターのフィールドですよね？　どうしてウチが……」

「なーにが、フィールドよ。それに、どこの保護犬ボランティアセンターも自分のところで預かっている犬の引き取り手探しで手一杯……」

「こら、そこの二人、講習中だぞ。静かにしなさい！」

最前列の兵藤が振り返り、璃々と涼太に注意を与えた。

「あなたのせいだからね」

璃々は腹話術師のようにほとんど口を動かさずに言うと、涼太の脛《すね》を爪先で蹴った。

「痛っ……」

慌てて口を掌で押さえ悲鳴を呑み込む涼太の姿に、璃々は噴き出した。

☆

「譲渡会」当日は晴天で、「TAP」の屋上に設置されたサークルに三十頭の保護犬がスタンバイしていた。

「やっぱり、なんだかんだでツートップは強いですね」

涼太が、トイプードルとミニチュアダックスフンドのサークルの前に群がる参加者を見て、感心したように言った。

涼太の言う通り、人だかりが一番できているのは二種類の犬種のサークルで、次にミニチュアシュナウザー、シーズーと続いていた。

小型犬は五歳を超えた成犬ばかりだったが、それでも中型犬の何倍もの人を集めていた。

土曜日の午前中ということもあり、開始一時間も経っていないのに五十人を超える参加者で賑《にぎ》わっていた。

午前中はゆっくりと保護犬達と触れ合って貰い、昼休憩を挟んだ午後一時から譲渡希望者との面談が始まる。

「TAP」と動物愛護相談センターの職員は、会場内の保護犬の世話をしながら参加者達の質問を受けつけていた。

「それに引き換え、お前らのところは寂しいなぁ」

涼太が、中型犬のサークルを見渡しながら言った。

中型犬エリアのサークルには、シベリアンハスキーが二頭、イングリッシュセッターが一頭、ジャーマンシェパードが一頭いた。

「この子達は、どうなるんですかね……」

涼太が、同情に満ちた瞳で中型犬達をみつめた。

璃々には、涼太の瞳の意味がわかった。

土日の二日間で、この大きな保護犬達の新しい飼い主が見つかるとは思えなかった。

せめて、年が若ければ……。

璃々は、保護犬リストに視線を落とした。

○ジョン（シベリアンハスキー・オス・四歳）
備考　飼い主が病気で入院のため動物愛護相談センターに持ち込み
○キング（シベリアンハスキー・オス・三歳）
備考　飼い主の会社が倒産したため動物愛護相談センターに持ち込み
○ロケット（ジャーマンシェパード・オス・四歳）
備考　飼い主が海外に転勤のため動物愛護相談センターに持ち込み

「なにこれ……」

璃々は、中型犬四頭目の備考欄で視線を止め絶句した。

○ハンター（イングリッシュセッター・オス・五歳）
備考　猟期終了後に飼い主の猟師が山に置き去り

璃々は眼を疑った。

「猟期終了後に飼い主の猟師が山に置き去り……ん？　どういうことですか？」

涼太も、リストの備考欄に書かれた理由を視線で追いながら訊ねてきた。

「ひどい……」

リストを持つ手が、怒りにぶるぶると震えた。

「山に置き去りって、迷い犬ってことですか？」

璃々は、きつく奥歯を嚙み締め首を横に振った。

「山に捨てたってことよ」

璃々は吐き捨てるように言いながら、ハンターのサークルの前に屈んだ。

猟期が終われば山に野犬が増えるというニュースを、璃々は思い出した。

東京都が管轄の「TAP」の職員で、都市部で活動する璃々には、猟犬の虐待事件を扱った経験はなかったが、いつかくるかもしれない日のために備えて資料を読み込んでいたので、かなりの知識があった。

いつかくるかもしれない日……「TAP」の管轄が日本全国になったときには、猟犬を使い捨てにする不届きな猟師を片っ端から逮捕してやるつもりだった。

「え!?　猟師が猟犬を捨てるわけないじゃないですか？　そんなことしたら、困るのは彼らですよ」

「猟期は毎年十一月十五日から、翌年の二月十五日までのおよそ三ヵ月間よ。二月十六日から十一月十四日までは禁猟期だから、猟犬の仕事はなくなるの。普通の飼い主なら、その間はペットとしてともに過ごすものだけど、彼らは違うわ。彼らにとってこの子達は愛するパートナーじゃなくて、ただの道具なの。それも、使い捨てのね」

璃々は、ハンターの頭から首筋、背中にかけて優しく掌《てのひら》を這わせた。

ハンターは、璃々をじっとみつめた。

その瞳には信頼も安堵もなく、ただ、不安と哀しみの色が宿っていた。

無理もない。

信頼し、大好きだったご主人様からある日突然、山に捨てられたのだから。

「でも、次の猟期がきたらどうするんですか？」

涼太もハンターの前に腰を屈めた。

「猟犬として訓練された成犬を買うのよ」

「そんなの不経済じゃないですか？」

「買うって言っても、仲間内だから十数万程度のものよ。禁猟期の八ヵ月半の飼育費となると十倍以上のお金がかかるわ」

「ひどい奴らだ……かわいそうにな」

涼太が、ハンターの耳の下を揉んだ。

「土日で、奇跡を起こしたいわね」

璃々は、ハンターをみつめながら言った。

「よしっ！　俺、客引きやりますよ」

涼太が手を叩き、勢いよく立ち上がった。

「頭がよくて手がかからなくて、番犬にもなるし頼りになりますよ〜」

涼太が、参加者に向けて声を張り上げた。

「馬鹿ね。水商売の呼び込みじゃない……」

「見てもいいですか？」

璃々が涼太を止めようとしたときに、二十代と思しきカップルの男性が涼太に声をかけてきた。

もしかしたら、夫婦なのかもしれない。

「もちろんです！　あ、どうぞ。この子、ハンターって言います！」

「え……」

涼太が向けた右手の先……サークルの中のハンターを見た男性の顔が微かに強張った。

「でかい犬ですね……怪我《けが》でもしたら大変だから、遠慮しときます」

男性が、引き気味に言った。

「ぜーんぜん、怖くないですよ！　ハンターは、優しい性格の鳥猟犬《ちょうりょうけん》ですから」

涼太が、満面の笑みでカップルの顔を交互に見た。

「ちょうりょうけんって、なんですか？」

男性が、訊ねてきた。

「あの、ワンちゃんを飼おうと思って探しているんですけど」

幼い男の子の手を引いた母親が、璃々に声をかけてきた。

「どういった犬種をお探しですか？」

璃々は、母親に訊ねた。

「こういう大きな犬じゃなくて、トイプードルとかマルチーズとかがいいんですけど……」

母親が、中型犬のサークルを指差しながら遠慮がちに言った。

「ママ、僕、この子がいい！」

男の子が、シベリアンハスキーのキングのサークルの前に駆け寄った。

「翼《つばさ》っ、こっちにきなさい！　こんな狼《おおかみ》みたいな犬、危ないでしょ！」

母親が男の子の手を引っ張り、逃げるように去っていった。

「鳥猟犬というのは、鳥を見つけたら猟師に知らせたり、鉄砲を構えたら鳥を飛び立たせたり、撃ち落とされたら回収したり……猟師の眼となり手となり足となり、凄く優秀で頭のいい犬なんです！」

涼太が、身振り手振りで熱弁した。

「いやぁ……ウチはマンションですし、庭とかないですから」

男性が、苦笑いしながら言った。

「失礼ですが、ワンルームですか？」

「いえ、２ＬＤＫですが……」

「ああ、それなら大丈夫です！　毎日一時間ずつの散歩を朝、夕二回して頂ければ、室内飼いでも大丈夫ですから！」

手応《てごた》えを感じたのか涼太が、声を弾ませた。

「一時間の散歩を二回⁉　そんなの、無理無理！　それに、こんなに大きな犬を部屋で飼ったらめちゃくちゃにされちゃうわ。だいたい、鳥猟犬って、鳥を殺して咥《くわ》えてくる犬でしょう？」

女性が、早口に捲《まく》し立てた。

「いえ、先ほども言いましたが、猟師さんに鳥の位置を知らせ、飛び立たせ、撃たれて落ちた鳥を咥えて……」

「同じようなものよ。そんな残酷な訓練を受けた犬なんて、恐ろしくて飼えないわ。いつ、野性が目覚めて咬みつかれるかわからないし。ねえ、健一《けんいち》、こんなかわいくない犬じゃなくてシュナウザーとか探そうよ」

一方的に言うと女性が、男性の腕を取った。

「おい、待てよ」

涼太が、女性を呼び止めた。

「なに？」

女性が立ち止まり、怪訝な顔で振り返った。

「ちょっと、涼太、あんたなにを……」

璃々を押し退《の》け、涼太がカップルの前に歩み寄った。

「大きな犬が怖いのは構わない。家で飼えないのも構わない。小型犬が好きなのも構わない。でも、部屋をめちゃくちゃにされるとか、残酷な訓練受けてるとか、咬みつかれるかもしれないとか、憶測でハンターの悪口を言うのはやめてくれ！　いや、家で言うのは構わないけど、ハンターの目の前で言うのはやめてくれ！　犬は言葉がわからないけど、感じるんだよ！　自分は、嫌われてるって！　これ以上この子達を傷つける権利は、誰にもない！」

涼太の熱き訴えに、周囲の参加者、「ＴＡＰ」と動物愛護相談センターの職員の視線が集まった。

「な、なによ……この人⁉　失礼だわっ。健一、黙ってないでなんとか言ってやってよ！」

女性が、血相を変えて男性をけしかけた。

「君、上司はどこです？　譲渡希望者の僕達にこんな態度を取って、ただで済むと……」

「上司は私です」

璃々は、男性の言葉を遮りカップルの前に歩み出た。

「いまの彼の発言、聞いてたでしょ？　僕の彼女に吐いた暴言を、詫びて貰いましょうか？」

男性が腕を組み、謝罪を促してきた。

「先輩っ、謝る必要なんか……」

「あんたは黙ってなさい！」

璃々は、涼太を一喝した。

「まあ、誠意が伝われば僕達もこれ以上の大事にする気はありませんから」

璃々が無言で人差し指を立てると、カップルが訝《いぶか》しげな表情で顔を見合わせた。

「君はなにをして……」

「あんたらみたいな人間に、犬を飼う資格なんてないの！　こっちがお断りよ！　さっさと出て行って！」

璃々は啖呵《たんか》を切ると、立てた人差し指を屋上の出口に向けた。

血相を変えて飛んでくる兵藤の姿が、視界の端に入った。

☆

捜査一部のフロア内に、三度目の長いため息が響き渡った。
ため息の主——デスクで渋面を作り腕組みする兵藤を見ながら璃々は、心でため息を吐いた。

このまま、負のオーラをたっぷりと含んだ兵藤のため息をあと何回聞かされるのだろうか。

「北川君、中島君……」

五回目のため息を吐き終わった兵藤が、ようやく口を開いた。

「君達は、自分がなにをやってしまったのか、わかっているのか？　わざわざ『譲渡会』に足を運んでくれた保護犬の譲渡希望者に、暴言を吐いたんだぞ？　動物愛護相談センターにたいして、『TAP』の面目を丸潰れにしたんだぞ⁉」

兵藤の語気が、徐々にボルテージアップした。

「今回、俺は、悪いことをしたとは思ってません」

涼太が、厳しい表情で正面を見据えたまままきっぱりと言った。

「なんだと⁉　私の話を聞いていたのか⁉　譲渡希望者に暴言を吐いたことが、当然だと言いたいのか⁉」

兵藤が、生白い下膨《しもぶく》れ顔を朱に染め涼太に詰め寄った。

「当然だとは言ってません。ただ、あのカップルはハンターにたいして、鳥を殺して咥えてくる訓練を受けた残酷な犬は恐ろしいとか咬みつかれるとか、こんなかわいくない犬よりシュナウザーを探そうとか、ひどい言葉を吐きました。譲渡希望者への暴言もいけないことですが、人間のために尽くしてきたのに使い捨てにされ、傷ついたハンターにたいしての暴言も許せません！」

「中島君、それは、本気で言っているのかな？」

兵藤が、怪訝な表情で訊ねた。

「なにがですか？」

「君は本気で、譲渡希望者への暴言と犬への暴言を一緒にしているのかと訊いているんだ」

「はい。そうですけど、逆に、部長はそう思っていないんですか？」

涼太が、不思議そうに訊ね返した。

「北川君。君のほうから、なんとか言ってやってくれ」

呆れたように、兵藤が璃々にバトンを差し出してきた。

「それはできません」

璃々は、兵藤の眼を直視しながら言った――バトンを拒絶した。

「ほう、なぜだね？」

兵藤は必死に平静を装っているが、声はうわずり右目の下瞼《したまぶた》が小刻みに痙攣していた。

「涼太の言うように、あのカップルは叱られて当然のことをしました」

「まさか、君も犬に暴言がなんちゃらとか言い出す気じゃないだろうね？」

「もしかして、部長は人間の気持ちは犬に伝わらないと思ってますか？」

璃々は、質問を返した。

「犬に言葉はわからないだろう？　それとも、君達二人は犬と会話できると言うのか？」

兵藤が鼻を鳴らした。

「会話できますよ！　ここでね！」

璃々は、己の左胸を平手で叩いた。

「それは会話じゃなくて、なんとなく犬の気持ちがわかるってことだろう」

「そうです！　私達に犬の気持ちが伝わるように、あの子達にも私達の感情が伝わりますっ。人間と違って犬は言葉を話すことができないぶん、私達の感情の動きには敏感なんですっ。私達が楽しい気分になればあの子達もウキウキするし、私達が哀しい気分になればあの子達も心が沈むんですよ！　それでよく、動物を救い守る『TAP』の部長が務まりますね！　どんなに残酷な言葉を浴びせかけても犬にはわからないから大丈夫だなんて、動物愛護の仕事に携わる者として恥ずかしくないんですか！」

璃々は、マシンガンの勢いで兵藤を責め立てた。

「き、君は……誰にものを言っているのか、わかっている……」

「ええ、わかっていますとも！　犬なんか人間の気持ちが通じないから罵詈雑言《ばりぞうごん》を浴びせても大丈夫だと考えている、『TAP』の風上にもおけない恥知らずな上司にものを言ってるんです！」

璃々は、人差し指を兵藤に突きつけた。

「ちょっと……先輩、いくらなんでもそこまで言ったらヤバいですよ」

涼太が慌てて、兵藤を指差す璃々の手を下ろした。

「いいのよ！　こんなわからず屋には、これくらい言わないと響かないんだから！」

璃々は涼太の手を振り払い、ふたたび兵藤に人差し指を突きつけた。

「わ、わからず屋だと……」

兵藤が、わなわなと唇を震わせた。

「話がないなら、これで失礼します！　行くわよ！」

璃々は一方的に言うと、涼太の腕を摑み引き摺るように出口に向かった。

デスクワークをしていた職員達の、心配そうな視線が璃々に注がれた。

「始末書じゃ済まないからな！」

背中を追ってくる兵藤の屈辱に震える声を無視して、璃々はフロアを出た。

「先輩、待ってくださいっ、まずいですって。戻りましょう」

廊下に出て十メートルほどで、璃々は足を止め振り返った。

「あなたは戻って、私のぶんまで謝りなさい」

「え……」

「私なら大丈夫。所長の覚えがいいから、あの保身部長がクビにしようとしても却下されるわ。涼太は問題を起こしても所長が揉み消してくれるほどの貯金がないから、ちゃんと謝ってくるのよ」

「先輩、もしかして、屋上でも部長の前でも、俺を守るためにわざとあんなふうに悪者になってくれたんですか？」

涼太が、驚きの表情で璃々をみつめた。

「悪者は、あのカップルと保身部長よ。私は、正しいことを言っただけ。でもね、私達は公務員だから、ときとして正義の剣で自分を傷つけてしまうことがあるのを忘れないで。だけど、涼太には動物にたいしてのその気持ちを、いつまでも持ち続けてほしいわ。私達は公務員である前に、物言えぬ弱い立場の動物達を守る使命を背負っているんだから」

璃々の言葉に、涼太の眼にみるみる涙が浮かんだ。

「なに泣いてるのよ。そんなに弱虫じゃ、ワンコやニャンコを守れないぞ。ほら、早く、私の尻拭いをしてきなさい！」

璃々は涼太を回れ右させ、お尻を叩いた。

「ちょっと、パワハラですよ！」

泣き笑いの表情で振り返った涼太が、ふたたび璃々に向き直り深々と頭を下げると捜査一部のフロアへと駆けた。

璃々は涼太の背中を見送り、「譲渡会」の行われている屋上に向かった。

2

「ＴＡＰ」本部の屋上は、希望者で溢れ返っていた。

「譲渡会」二日目の日曜日は、土曜日よりも参加者の数が五割増しに増えていた。

「相変わらず、人気が偏《かたよ》ってますね」

　トイプードルやチワワのサークルの周囲に集まる参加者達に複雑な視線を送りつつ、涼太がため息を吐いた。

「ほら、そんな暗い顔しない。この子達にも、不安が伝わっちゃうでしょ？」

　イングリッシュセッターのハンター、シベリアンハスキーのジョンとキング、ジャーマンシェパードのロケットのサークルの前に屈む璃々は、涼太を窘《たしな》めた。

「ですね。よーし！　お前ら、安心しろ。残り物には福があるって言うだろ？」

　一転して陽気な口調で涼太が、手を叩きながら四頭の中型犬を励ました。

「あなたって、本当に単純ね」

　璃々は、呆れた顔で涼太を見上げた。

　だが、それが涼太のいいところでもあった。

「それに、残り物っていう表現は微妙ですね」

不意に、聞き覚えのある声がした。

振り返った視線の先――笑顔で歩み寄ってくる青年は、天野だった。

「ラブ君じゃない。私服なんて珍しいわね。今日は、どうしたの？」

璃々は訊ねた。

「非番なので、『譲渡会』の様子を見にきました」

「ここは、関係者か保護犬の譲渡希望者がくるところなんだよ」

涼太が、意地悪っぽく言った。

「あれ？　僕は北川さんのバディのつもりでいるんですけど？」

天野が、にこやかに返した。

「なに勝手なことを言ってるんだ⁉　先輩のバディは俺だよ！」

涼太はムキになって言い返した。

「ほらほら、そうやってすぐに相性の悪い犬と出会った小型犬みたいに、キャンキャン吠《ほ》えるのはやめなさい」

「小型犬って……」

璃々に窘《たしな》められた涼太が、肩を落とした。

「やっぱり、大きなワンちゃんは不利なんですか？」

中型犬のサークルに視線をやった天野が訊ねてきた。

「そうね。大きくても若いゴールデンやラブラドールだったら希望者はいるんだけど、成犬……それも五歳を過ぎるとほとんど手は挙がらないのが現状ね」

「この子は、なんていうワンちゃんですか？　変わってますね」

天野が、ハンターの前で腰を下ろした。

「イングリッシュセッターも知らないのか？」

涼太が、小馬鹿にしたように言った。

「だって、僕は人間相手の警察ですから、ワンちゃんには詳しくないですよ」

「イギリスのイングランド地方原産の猟犬よ。猟のシーズンだけ働かせて、禁猟期になったら使い捨てにされたかわいそうな子よ」

「えっ、本当ですか？　信じられないな……」

天野が、悲痛に顔を歪めた。

「世の中、自分だけよければばって人間が大勢いるんだよ。自分も同じように親に使い捨てにされたら、どんな気持ちになるかを考えてみればいいんだ。そしたら、こんなひどい仕打ちはできないはずさ」

涼太が吐き捨てた。

「この子は、何歳ですか？」

ハンターのサークルの前に屈んだ天野が、璃々を見上げた。

「五歳よ」

「五歳？　まだ、若いじゃないですか」

「ラブ君は、なんにもわかっちゃいないな。犬の大きさによって幅はあるけど、人間で言うと、一年間で小型犬はだいたい四歳ずつ、中型犬はだいたい七歳ずつ、大型犬はだいたい十歳ずつ年を取るんだ。つまり、大型犬になるほどに年を取るスピードが速くなる。ハンターは中型犬だから、人間で言えば四十歳の手前くらいかな」

涼太が、得意げに語った。

「そんなに？　僕より、遥かに年上なんですね」

天野が、驚いた顔をハンターに向けた。

「でも、一つ疑問なんですけど、どうして成犬は人気がないんですか？　子犬だと小さくてかわいいからですか？」

天野が、不思議そうに訊ねてきた。

「それもあるだろうけど、人間も大人に近づくほどに自我が強くなって親の言うことを聞かなくなるでしょう？　あとは、介護の問題も大きいわね。年を取ると人間と同じで身体が弱ってくるし、病気に罹《かか》る率も高くなるし。そうなると手間もお金もかかるから、成犬は敬遠されるのよ」

璃々は会話の内容とは裏腹に、ハンター、ロケット、キング、ジョンの顔を笑顔で見渡した。

ネガティヴな波動は、すぐに伝わってしまうからだ。

「僕には、わかりませんね。だって、子犬を飼ってもいずれは老犬になるわけでしょう？　そのワンちゃんを大事に思っていれば、成犬になってから出会って、弱ったり病気になっても、愛情を持って面倒を見られると思いますけどね」

「みんながみんな、ラブ君みたいな責任感のある優しい人間ならいいんだけどね」

「いや……そんなたいしたものじゃないですよ」

璃々が言うと、天野がはにかみながら謙遜した。

「口ではなんとでも言えるからさ。ラブ君が保護犬を飼うっていうなら話は別だけど」

涼太が、相変わらずの意地悪な口調で言った。

「あ、そのことなんですけど、僕、犬を飼ってみようかなって思っているんですよ」

「え!?　ラブ君、どういうこと!?　犬嫌いって言ってたじゃないか!?」

涼太が素頓狂な声で問い詰めた。

「犬が嫌いなんて言ってないですよ！　咬まれたことがあるから怖いだけで、特別に興味がないっていうようなことを言っただけです」

天野が、慌てて訂正した。

「同じようなもんだろ。だいたいさ、興味がなかったのにどうして急に犬を飼おうなんて気になったんだよ？　もし、先輩の前でいい格好しようとしてるならやめたほうがいい。犬を飼うのは、そんなに簡単なものじゃないからさ」

「まさか。でも、北川さんの影響を受けたのはたしかです」

「私の？」

「はい。『TAP』で北川さんのお手伝いをしているうちに、僕は思いました。彼女は、どうしてここまで動物のために自分を犠牲にできるんだろう、って。身代金の五百万を上司が出してくれないから自分で用意するなんて、信じられませんでした。だって、もしかしたらお金が戻ってこなかった可能性もあるんですよ。それなのに、北川さんには微塵《みじん》の迷いもなかった。もし、僕が人間の誘拐事件を担当して同じような状況になっても、人質を救うために身銭を切るなんてできません」

「でも、ミルクちゃんのときは親にまで借りてお金を用意してくれたじゃない」

「俺も出しましたよ！」

璃々が言うと、すかさず涼太がアピールした。

「僕がお金を出したのは、北川さんの熱意に打たれたからですよ。彼らに無償の愛を注ぐ北川さんを見ているうちに、僕もそんな人間になりたいと思ったんです。そしたら、警察官として一回り大きな人間になれるんじゃないかって」

天野が、少年のように輝く瞳で言った。

「単純なところは、涼太にそっくりね」

璃々は噴き出した。

「一緒にしないでくださいよ。けど、ラブ君は一人暮らしだろ？　誰が面倒見るんだよ？」

涼太が、璃々から天野に視線を移した。

「僕、来月から実家に戻ることにしたんです。両親も年ですから、心配ですし」

「実家なら、安心ね。で、どんなワンちゃんを飼いたいの？」

「大きな犬で成犬は貰い手がないって言ってたから、この子達にしようかな」

天野が、四頭の中型犬を見渡しながら言った。

「え⁉　この子達って、まさか四頭とも全部⁉」

璃々は、思わず頓狂な声で訊ね返していた。

「はい、四頭とも全部です」

天野が、涼しい顔で頷いた。

「マジに言ってんの⁉　ラブ君、自分の言っていることがわかってるのか⁉　ハスキー二頭にシェパードとイングリッシュセッターの多頭飼いだぜ⁉　たとえるなら、若葉マークの免許取り立てが、フェラーリ、ポルシェ、ベンツ、ＢＭＷを乗り回すような無謀なことだぜ⁉」

涼太が、裏返った声を張り上げた。

「ええ、わかってますよ。実家は10ＬＤＫですし、庭もこの屋上くらいのスペースがありますから」

「じゅ……10Ｌって……」

涼太が毒気を抜かれたように、二の句を失った。

「そう言えば、ラブ君の実家はお金持ちだったものね」

「お金の力に物を言わせていい格好してさ……」

「僻《ひが》まないの」

小声でぶつぶつと文句を言う涼太を、璃々は窘めた。

「だけど、お金とスペースがあっても中型犬を四頭も飼うのは大変よ。ご両親は、犬を飼った経験はあるの？」

璃々は訊ねた。

小型犬と違い、身体の大きな犬はじゃれついただけで相手を怪我させることがあるので、きちんとした躾《しつけ》が必要だった。

「昔、豆柴を飼ってました」

「豆柴って……」

天野が言うと、涼太が噴き出した。

「でも、ご安心ください。同期に警察犬のトレーナーがいて、彼に訓練をお願いしているんです」

「なるほど、それなら安心ね。ラブ君は、最初は頼りない優柔不断な青年だと思ってたけど、印象がまったく変わったわ。男子力UP《アップ》よ」

璃々が言うと、天野が頬を赤らめた。

「あ〜あ。俺も、資産家の家に生まれたかったな〜」

やけくそ気味に言う涼太に、璃々と天野は顔を見合わせ笑った。

「もう、なにがおかしい……」

「北川先輩！」

涼太の声を遮り駆け寄ってきたのは、「通報室」の二宮小百合だった。

動物虐待などを目撃した市民からの連絡を受けるのが「通報室」の業務なので、小百合が呼びにきたときには緊張が走る。

「どうしたの？」

「『通報室』に相談者がいらっしゃっていますので、お願いできますか？」

「行くわよ」

璃々は涼太を促し、出口に駆けた。

中央の防音壁で仕切られた二十坪のスクエアなフロア——手前の応接室のソファには、三十代と思しきスーツ姿の男性が座っていた。

防音壁越しの奥のフロアでは、インカムをつけた十二人の職員が通報者の対応をしていた。

「佐々木《ささき》さん、捜査一部の者が参りましたよ」

璃々、涼太、天野を先導した小百合が声をかけると、スーツ姿の男性……佐々木が立ち上がり、名刺を差し出してきた。

富士桜《ふじさくら》銀行桜新町《さくらしんまち》支店　融資部
主任　佐々木一仁《かずひと》

「捜査一部の北川と申します。どうぞ、お座りください」

璃々はＩＤ手帳を佐々木に掲げ、着席を促した。

「あ、部外者の方は立ち入り禁止……」

「いいの。彼はウチに協力してくれている代々木署の天野巡査だから」

天野を追い出そうとしていた小百合を、璃々は制した。

「早速ですが、佐々木さん、今日はどういったご相談ですか？」

璃々は、本題に切り込んだ。

「ウチの、父のことなんです」

「お父様が、どうかなさいましたか？」

「私はいま、妻と子供と上用賀《かみようが》に、父は実家の八王子《はちおうじ》で一人で暮らしています。五年前に母が病気で先立ってから、父はすっかり元気をなくしてしまって。朝から晩まで縁側でボーッとして、そんな生活を送っていたら認知症になるんじゃないかと心配していました。ある日、父の様子を見に行ったら柴犬くらいの大きさの二頭の雑種犬がいました。近所の一人暮らしのおじいさんが飼っていた犬らしいのですが、急に入院することになって、それで父が引き取ることにしたそうです。まあ、番犬にもなるし、なにより父が生き生きとし始めたのでほっと胸を撫で下ろしていました。ところが、犬を飼うことにすっかり嵌《は》まってしまったのか、父は近所で犬が生まれたら引き取り、捨て犬を見つけるたびに連れ帰るようになり、一年で十頭にまで増えていました。古い平屋建てですが、田舎なので敷地だけは広くて十頭の犬を飼っても全然余裕でした。もちろん、世話は大変になりますが、父は十頭の犬達の散歩や餌やりを嬉々《きき》としてこなし、以前よりも若返った感じでした。ですが……」

佐々木の顔が曇った。

「もしかして、近所の住民を咬んだとかですか？」

遠慮がちに涼太が訊ねた。

「いいえ。そういうトラブルはないのですが、父の噂を聞きつけた人達が飼えなくなった犬を次々と持ち込み、中には敷地に捨てて行く心ない人々もいました。そんなことが続き、二年目には二十頭を超え、三年目には四十頭になり、いまでは五十頭を超えています。最初のうちはフィラリアや狂犬病のワクチンを受けていましたが、数が増えるに連れ資金的にも回らなくなりました。父一人では世話できず、交尾で生まれた子犬や捨て犬で数はどんどん増え続けました。衛生面も劣悪で、異臭や犬の吠え声などの騒音で近所から抗議が相次ぎ、ついには市や動物愛護相談センターの職員が犬の引き取りの交渉を始めました。ですが、父は頑《かたく》なに応じません。このままでは強制立ち退きなど、大事になりそうで……」

佐々木が不安げに言うと、肩を落とした。

「多頭飼育崩壊ね……」

璃々は深刻な表情で呟いた。

「そうなる前に、『TAP』の方のお力をお借りしたいんです。なんとか、父を説得して頂けませんか？　お願いします！」

佐々木が、テーブルに手をつき頭を下げた。

「佐々木さん、顔を上げてください」

「では、力になってくれるんですね!?」

佐々木の瞳が輝いた。

「もちろんです。ただ、佐々木さんには、一つだけ覚悟して頂かなければならないことがあります」

璃々は、佐々木をみつめた。

「なんでしょう？」

佐々木が、不安げな声で訊ねた。

「説得して、もし、応じて貰えない場合はお父様を拘束……最悪、逮捕ということもありえます」

「逮捕……」

佐々木が絶句した。

「はい。ほとんどの多頭飼育崩壊はペットへの愛と善意から始まることが多いんです。ですが、感染病の巣窟《そうくつ》になったり餌が行き届かなかったり、犬達に精神的、身体的苦痛を与えていることから虐待であるのも事実です。もっとも、もし、佐々木さんが今日の話をなかったことにしてほしいと言われても、お父様の多頭飼育崩壊の話を聞いた以上、捜査を取りやめるわけにはいきませんが」

璃々は、厳しい口調で告げた。

過去に何度か多頭飼育崩壊の現場に立ち会ったことがあるが、そのどれもが悲惨な状態だった。

夏になれば食べ残しや零《こぼ》れた餌が腐臭《ふしゅう》を放ち、ハエやウジがたかっている。

散歩も連れて行って貰えないストレスからそこここで犬同士が喧嘩《けんか》し、交尾し、劣悪な環境下で多頭の犬達が唸《うな》り、吠えている。

ひどい場合、飼い主に気づかれずに死んで数日経つ犬の死体が放置されている。

「わかってます。そのときは……覚悟を決めています」

佐々木が、言葉を絞り出すように言った。

「わかりました。では、早速ですが、現場に案内してください」

言いながら、璃々は席を立った。

「いまからですか!?」

佐々木と涼太が、ほとんど同時に驚きの声を上げた。

「多頭飼育崩壊は、一分一秒が勝負なの。さあ、行きましょう。小百合ちゃん、部長に報告をお願い！　涼太、車を回して！」

璃々は佐々木を促し出口に向かいつつ、小百合と涼太に指示した。

「僕も行きます！」

天野が、璃々達のあとを追ってきた。

☆

「TAP」の専用バンは、くねくねと曲がる道幅の狭い山道を登っていた。

陽《ひ》が落ち、あたりは薄暗くなっていた。

「あとどのくらいですか？」

　パッセンジャーシートに座る璃々は、リアシートを振り返り佐々木に訊ねた。

「もう、数分ってところです。四、五十メートルほど進むと右手に蕎麦屋《そばや》の看板が見えます。看板を過ぎてさらに二、三十メートルほど進めば、左手に田畑の広がる集落が現れますから」

　佐々木の言葉通りに、蕎麦屋の看板が見え、さらに進むと左手に田畑と集落が現れた。

「左折してください」

　涼太が左にハンドルを切り、バンは砂利道に入った。

「あれが実家です」

　佐々木が、フロントウインドウ越しに瓦《かわら》屋根の平屋建てを指差した。

　車の気配を察したのか、複数の犬の吠える声が聞こえてきた。

　隣の家との距離は五十メートル以上離れているが、吠え声の合唱が日常的に聞こえるのはつらい状況だ。

　バンが建物の前でスローダウンすると、犬達の吠える声がボリュームアップした。

　車を降りた途端に、排尿、排便、腐った餌が混じったような異臭が鼻をついた。

「うわっ、臭っ……」

　涼太が鼻を摘まんだ。

「これは凄いですね……」

璃々と同じにハンカチで口と鼻を押さえる天野が、金網越しに出迎える二十数頭の犬達に圧倒されていた。

平屋建てを囲むように金網が張り巡らされており、建物とは一、二メートルほどしか離れていないので、動物園の檻《おり》が目の前にあるような感じだ。

犬達はシェパードの雑種、ハスキーの雑種、柴犬、トイプードル、ラブラドールレトリーバーの雑種、パグ……小型犬から中型犬まで、様々な犬種がいた。

伸び放題の雑草、そこここに垂れ流された糞尿《ふんにょう》、食べ散らかされた肉片とドッグフード、コンビニ弁当のプラスティックの器、缶ビールの空き缶……金網越しにも、劣悪な飼育環境であることが一目でわかった。

「裏庭のほうには、まだ、倍以上の犬がいますから」

佐々木は言いながら、奥へと歩を進めた。

移動する璃々達に、犬の群れが並走するようについてきた。

「お父様は？」

璃々は、気になっていることを訊ねた。

「部屋で飲んだくれてるんでしょう。父は最近では、犬の世話もろくにしなくなりましたから」

佐々木が、諦めたような投げやりな口調で言った。

「じゃあ、この子達の世話は誰がやっているんですか？」

「私が雇ったボランティアが、週に三回ほど世話にきてます」

「たったの三回!?」

璃々は、あまりの驚きに大声を張り上げた。

「みんな、仕事を持っている者ばかりなので、週三でもお願いするのは大変なんです」

佐々木が、苦渋の表情で言った。

「でも、週に三回では五十頭を超える犬達の世話は十分ではありません。しないよりましという言い方もできますが、栄養失調、感染症の蔓延《まんえん》、異物、毒物の誤嚥《ごえん》に拍車がかかります。誤解してほしくないのは、佐々木さんの行為が無駄だと言っているのではなく、この状況が続くなら即座にこの子達を保護する必要があるということをお伝えしたかったのです」

「この先を見て頂くのが、怖いですよ」

佐々木が、硬い表情で言いながら裏庭へと先導した。

「えっ……」

「嘘だろ……」

角を曲がった瞬間に広がる光景に、天野と涼太が絶句した。

じゃれ合い、また、喧嘩する二十数頭の犬達の足元で四頭の犬が倒れていた。

中型犬の成犬が二頭と小型犬の子犬が二頭……四頭とも、横になっているが腹部が上下しているので生きてはいる。

金網越しに見ても、肋骨が浮き、痩せ細っているのがわかった。

単なる栄養失調なのか、感染症や怪我で体力を失っているのか……とにかく、一刻を争う事態であるのはたしかだ。

「涼太、ガムボーンは携行してる？」

「はい、ありますけど……どうしてですか？」

「何本？」

璃々は、質問に答えず涼太に訊ねた。

「十数本はあると思います。まさか……」

涼太が顔を強張らせた。

「私も十本持ってるから、なんとか足りそうね。ラブ君、車からクレート二個と台車を二台持ってきて！　ここを開けてください！」

璃々は、天野から佐々木に視線を移した。

「中に入る気ですか？」

「ええ」

「いまはやめといたほうがいいですよ。ほら、あの状態ですから」

佐々木が指差す先――ハスキーの雑種とラブラドールレトリーバーが互いに牙を剝《む》き、シエパードの雑種とポインターが取っ組み合い、秋田犬と紀州犬《きしゅういぬ》が威嚇《いかく》し合っていた。

喧嘩をしている犬の周囲では、十数頭の小型犬がハイテンションに駆け回っていた。

興奮は、犬から犬に伝染するのだ。

裏庭のスペースにいる二十数頭の犬は、みな、危険なテンションだった。

「だからといって、あの子達を見殺しにするわけにはいきません」

「先輩、佐々木さんの言う通りですよ。もうちょっと彼らのテンションが落ち着いてからじゃないと、咬まれちゃいますよ」

涼太が及び腰になるのも無理はない。

シェパードや秋田犬が本気で襲いかかってきたなら、命さえ落とす危険性がある。

「だからガムボーンを用意するんじゃやない」

「ガムボーンって……せめて、スタンガンを携行しませんか？」

涼太が、縋《すが》るような瞳で訴えた。

「私が持ってるから安心して」

璃々は、腰から下げている警棒型のスタンガンを掌で叩いてみせた。

「あ、自分だけずるいですよ！　どうして、携行するように言ってくれなかったんですか!?」

「馬鹿。私だって使わないわよ。これは、もしものときの牽制《けんせい》用だから。五十万ボルトの火花と放電音で、犬達は驚いて逃げるのを研修のときに習ったでしょ？」

警察官が、相当な危険が迫らないかぎりは威嚇や恐怖で発砲してはならないように、「TAP」もスタンガンを動物に使えるのは命にかかわる状況に直面したときだけだ。

この場合は、唸って牙を剝いたくらいではスタンガンは放電威嚇に留《とど》め、電極を犬に当ててはならない。

当てていいのは、動物に飛びかかられたときだけだ。

そのための訓練は、研修の際にプログラムに組み込まれていた。

襲撃役に警察犬のシェパードやドーベルマンを使った、実戦さながらの授業だった。

かなりの度胸が必要になるが、それくらい厳しく規制しなければ動物を虐待から守るのが使命の「TAP」が、過剰防衛で虐待する職員が続出するという笑えない状況になってしまう。

「それは知ってますし、俺だって使わないですよ。ただ、丸腰じゃ不安過ぎますよ！」

「涼太に襲いかかろうとする子がいたら、私が追い払ってあげるから大丈夫よ。それに、あなたに持たせたらパニックになって当てちゃう可能性があるからさ」

「俺って、信用ないんですね」

涼太が肩を落とした。

かわいそうだが、これも涼太を守るためだ。

捜査中に恐怖に駆られて犬の命を奪ったりしたなら、保身の塊の兵藤に睨まれ「TAP」にいられなくなってしまう。

それだけではない。

捜査中に犬を殺したりしたら、「TAP」の捜査員はマスコミにとって格好のターゲットになる。

連日ワイドショーや週刊誌に叩かれ、世間を敵に回す恐れがあった。

「いまは、そんなことでがっかりしてる場合じゃないでしょ？　あの子達を救出することだけ考えなさい」

「わかってますけど、命あっての物種《ものだね》……」

「持ってきました！」

クレートを載せた二台の台車を押しながら、天野が駆け寄ってきた。

璃々はすぐさまクレートの扉を開け、筒状に丸められ詰め込まれていた衣服を取り出した。

「はい、二人ともこれを着て！」

「この服、なんですか？」

天野が、衣服を広げつつ怪訝そうに訊ねてきた。

「あ！　防護服だ！」

涼太の顔が輝いた。

「ああ、そうだ！　さっき話した、同期の警察犬トレーナーがこういうのを着てました」

天野が、思い出したように言った。

「そう、犬訓練士用のトレーニングアウターよ。ジャンパージャケットとパンツは、防刃素《ぼうじん》材の下に分厚《ぶあつ》いパッドが入っているから、大型犬の犬歯でも貫通しないわ。ワイヤーの入った詰襟《つめえり》で首がガードしてあるから頸動脈《けいどうみゃく》も守られているし、革の防護手袋を嵌めれば顔以外は大丈夫ってわけ」

早口で言いながら、璃々はレディースサイズのトレーニングアウターを制服の上から身に着け防護手袋を装着した。

「これがあるなら、早く言ってくださいよ〜」

涼太もトレーニングアウターを身に着けつつ、安堵の表情を見せた。

「いい？　段取りを指示するわよ。倒れているのは体重二十キロから二十五キロ相当の中型犬の成犬が二頭、体重三キロから五キロ相当の柴犬の子犬が一頭、体重一キロから二キロ相当のトイプードルの子犬が一頭の合計四頭よ。金網の中に入ってすぐにラブ君は涼太のガムボーンを五、六メートル先に全部バラ撒いて。その間に、私と涼太は中型犬二頭を台車に載せて、トイプーと柴ちゃんの子犬をクレートに入れる。そのまま、すぐに金網の外に出るの。この子達の容態《ようだい》をチェックするのは、外に出てからよ」

「でも、先輩、ガムボーン作戦に引っかからない犬が襲いかかってきたらどうするんですか？　いくら防護服を着てても、顔はがら空きですから」

　璃々は無言で警棒型のスタンガンをウエストホルダーから引き抜き頭上に掲げると、スイッチを押した。

　バリバリバリ！　という小さな雷のような放電音が、青い火花を散らしながら空気を切り裂いた。

「これで私が牽制するから、あなた達はその隙にワンコ達を運び出してちょうだい」

「そんなの、だめですよ！　先輩が頭とか顔とか咬まれたらどうするんですか！」

　涼太が、血相を変えて訴えた。

「私を誰だと思ってるの？『TAP』の花形捜査一部のエース、北川璃々よ！」

　璃々は芝居がかった口調で言うと、ウインクした。

「北川さん、僕も彼と同じ意見です。これでも一応警察官の端くれだし、防護服も身に着けたし、スタンガンは僕が……」

「勘違いしないで！　あなた達の任務も私と同じくらいに危険で難易度の高いものよ。人の心配をする前に、自分達に割り当てられた任務を完遂しなさいっ。佐々木さん、早く開けてください！」

　まだなにか言いたそうな涼太と天野に先手を打つように、二人がトレーニングアウターを身に着け終わったのを確認し、璃々は佐々木にゴーサインを出した。

「カギは開けましたよ。本当に、大丈夫ですか?」

南京錠を手にした佐々木は、不安げな顔で璃々を振り返った。

「ありがとうございます。佐々木さんは、危ないから下がっていてください」

璃々は佐々木と場所を入れ替わり、金網の扉の把手《とって》に手をかけた。

「二人とも、用意はいいわね!」

スタンガンを右手に先頭に立った璃々は、背後の涼太と天野に声をかけた。

怖くないと言ったら嘘になる。

だが、恐怖以上に、倒れている四頭を救いたかった……そして、劣悪な環境でストレスを溜め込んでいる犬達すべてを……。

使命感に背中を押された璃々は金網の扉を静かに開け、犬達を刺激しないようにゆっくりと足を踏み入れた。

璃々がサークル内に足を踏み入れた瞬間に、喧嘩していた犬や威嚇し合っていた犬の注目が集まった。

ハスキーの雑種が牙を剥いて唸り出すのに倣《なら》い、ポインター、シェパードの雑種、ラブラドールレトリーバーの中型犬が、璃々達を威嚇し始めた。

「ヤバいっすよ〜。完全に、アウェー状態じゃないですか……」

涼太が、震える声音で言った。

天野は、蒼白な顔で固まっていた。

「情けない声を出すんじゃないわよ。この子達に恐怖が伝わるでしょ。私達は、敵じゃないからね〜」

璃々は涼太を窘め、ハスキーの雑種に笑顔で語りかけた。

右手に持っていたスタンガンを、璃々はウエストホルダーに戻した。

できるだけ、彼らを刺激したくはなかった。

かといって、涼太や天野のように恐れるのもだめだ。

犬は人間の感情を獣の本能で察知し、より攻撃的になるのだ。

人間の恐れが伝わり、強気になるからではない。

逆だ。

犬は、人間が楽しいと楽しい気分になり、哀しいと哀しい気分になる。

それと同じように人間が恐れると犬も恐怖心に駆られ、身を守ろうとするのだった。

「大丈夫よ。安心して。私達は、あなた達を助けにきたのよ」

璃々は続けて、ハスキーの雑種に語りかけた。

先陣を切って攻撃の意思を見せたハスキーの雑種がボスだと、見当をつけたからだ。

犬は群れで生活する動物で、完全なる縦社会だ。

ボスが従えば、ほかの犬もそれに倣《なら》う。

ハスキーの雑種は相変わらず激しく牙を剝き、威嚇を繰り返した。

「ほら、これ、なんだかわかる？」

璃々は言いながら、ハスキーの雑種に左手で摘まんだガムボーンを見せた。

ハスキーは威嚇しながらも、ガムボーンに興味を示した。

「おいしいおやつだよ〜。いい子にしてくれたら、一杯あげるからね〜」

言いながら、璃々は天野に目顔で合図した。

天野が、両手に持った十数本のガムボーンを五、六メートル先に放り投げた。

ハスキーの雑種を先頭に、シェパードの雑種、ポインター、ゴールデンレトリーバー、小型犬の十数頭がガムボーンに向かって走った。

「行くわよ」

涼太を促し、璃々は台車を押しながら倒れている四頭の犬に駆け寄った。

「大丈夫？　いま、助けてあげるからね」

璃々は言いながら、ラブラドールレトリーバーの雑種を台車に載せた。

肋骨が痛々しく浮き出るほど痩せているので、小型犬並みに軽かった。

涼太も、ほぼ同じタイミングで焦げ茶と灰色の斑《まだら》模様の中型犬を抱き上げていた。

「頑張るのよ」

次に、柴犬を慎重に抱え、クレートに入れた。

「おい、大丈夫か!?　しっかりしろ」

涼太が、トイプードルの子犬の内股に中指と薬指を当てて脈を取っていた。

「それはあとって言ったでしょ！　早くクレートに入れて！」

璃々は涼太を叱責した。

「北川さん……」

天野のうわずった声――璃々は、振り返った。

約五、六メートルほど離れた場所で天野が棒立ちになり、五頭の犬に囲まれていた。

みな、大きく舌を出し、ハアハアとした息遣いでパンティングしていた。

荒い息遣いは興奮して体温が上昇している証なので、刺激するような行動は危険だ。

原因は、天野の右手だ。

「ラブ君、ガムボーンを遠くに投げて！」

「わ、わかりました……」

肩が萎縮《いしゅく》していたのだろう、ガムボーンは天野の足元に落下した。

五頭の犬が、天野の足元で唸り合いながらガムボーンを奪い合った。

「うわっ！　助けて……」

「大声を出しちゃだめっ。慌てないで、悠然と立ってて！」

璃々は天野に命じた。

興奮状態の動物にやってはいけないことは、とにもかくにも刺激をすることだ。

璃々は指笛を吹いた。

五頭の犬が、弾かれたように璃々のほうを向いた。

璃々は、彼らの視線が集まっているうちに一本だけ持っていたガムボーンを十メートル以上先に投げた。

五頭が、競い合うようにガムボーンを追った。

「いまのうちにサークルの外に出て！」

璃々は天野に指示しながら、クレートを片手に台車を押して出口に向かった。

「先に行って」

あとに続いていた涼太を、璃々は促した。

ガムボーンがなくなったのか、ハスキーの雑種を先頭に十数頭の犬達が猛然と追いかけてきた。

襲いかかってきているわけではなく、餌を貰えると思っているだけだ。

だが、ハイテンションになった中型犬はじゃれついているつもりでも、ひ弱な生き物であるヒトが大怪我をするケースは珍しくない。

涼太から出口までの距離は十メートルほどで、背後に迫る犬達と璃々の距離は二十メートルを切っていた。

璃々は立ち止まり、回れ右をした。

「北川さん、危ないですよ！」

天野が叫んだ。

「先輩っ！　早く！　早く！」

異変に気付いた涼太が振り返り、璃々に手招きした。

「私は大丈夫だから、あんたは早く出なさい！」

璃々は涼太に命じ、ゆっくりと腰を屈め犬達に背中を向けた。

「先輩っ、なにしてるんですか！　早く、スタンガンを抜いて！　スタンガンですよ、スタンガン！」

サークルの外に脱出した涼太が、必死の形相で訴えた。

背中を向けたのは、眼を合わせないためだ。

犬にとって正面から見据える行為は、戦闘開始を意味する。

「これ以上、人間に不信感を抱かせたくないの」

璃々は、サークル越しの涼太と天野に物静かな口調で言った。

「そんなこと言ってる場合じゃないですよ！　先輩！」

「そうですよ！　咬まれちゃいますよ！」

涼太と天野が、悲痛な声で叫んだ。

彼らの気持ちはわかる。

最初は、璃々もスタンガンを使うつもりだった。

だが、唸っているとき、吠えているとき、牙を剥いたときの彼らの瞳を見て気が変わった。

お腹《なか》減ったよ、散歩に連れて行ってよ、身体に触れてよ、名前を呼んでよ……彼らの瞳は、そう訴えていた。

身の危険を感じたからといってスタンガンで威嚇をしたら、彼らはもっと傷ついてしまう。

そこかしこから、荒い呼吸が聞こえた。

生温かい息が、首筋や頬を撫でた。

「私は、あなた達の味方だから。あなた達を救いにきたのよ」

犬達に背を向けたまま、璃々は優しく語りかけた。

様々な色の様々な大きさの鼻が、璃々の身体中に押しつけられた。

「早く行ってあげないと、あなた達の仲間の命が危ないの。みんな、わかるよね？」

璃々は、背中を向けたまま祈るような気持ちで語りかけ続けた。

三十秒くらい匂いを嗅がれていた璃々の左の視界に、シベリアンハスキーの雑種の姿が入った。

璃々の隣にお座りし、正面を見ているようだった。

警戒心が緩んだ証だ。

だが、ここで彼を正視してはならない。

璃々も正面を向いたまま、そっと背中に手で触れた。

瞬間、ビクッとしたが避けはしなかった。

璃々は、ゆっくりと背中を撫でた。

強張っていた筋肉が、じょじょに弛緩《しかん》してゆくのが掌越しに伝わった。

「ありがとう。わかってくれたんだね」

ハスキーの雑種の頭を撫でつつ、璃々はそっと立ち上がった。

ふさふさとした尻尾が、地面で大きく左右に弧を描いた。

ボスに従い、ほかの犬達もおとなしくお座りしていた。

「あなた達も、住みやすくしてあげるから、ちょっとの間、我慢してね」

璃々は犬達に言い残し、サークルの外に出た。

「もう、先輩……寿命が縮まっちゃいましたよ〜」

「それより、この子達が先よ」

言い終わらないうちに璃々は、柴犬の小犬とラブラドールレトリーバーの雑種の脈を取り始めた。

二頭とも、弱いけれども拍動が指の腹に伝わった。

「こっちは大丈夫。そっちは？」

璃々は、涼太に視線を移した。

「二頭とも、大丈夫です！」

「ラブ君は佐々木さんと一緒に清潔な水と餌をほかの子達にあげてちょうだい。私と涼太は、この子達を『動物病院』に連れて行くから」

「え……また、中に入るんですか？」

天野が、表情を強張らせた。

「もう、この子達は私達が敵じゃないってわかってくれたから。あとは、ラブ君が怖がらなきゃ平気よ」

「怖がらなきゃって……怖いですよ」

天野が、半泣き顔で言った。

「か弱い国民を守るのが、あなたの役目でしょ？　さ、行くわよ」

璃々はニヤリと笑い、涼太を促し台車を押した。

「お前ら、人の庭でなにを勝手なことやっておるんじゃ！」

正面に、ステテコ姿に雪駄履きの老人が現れた。

右手には、雨も降っていないのにビニール傘が握られていた。

「あ、父さん、この人達は動物警察の人で、僕が頼んできて貰ったんだよ」

佐々木が、老人に歩み寄った。

「お前は盗人《ぬすっと》の片棒を担ぐのか！」

老人がビニール傘を振り上げ、佐々木の背中に振り下ろした。

「ちょっ……父さん、そうじゃないって……」

「お父さん、やめてください！」

素早くダッシュした天野が、ふたたび佐々木の背中に振り下ろされたビニール傘を掴んだ。

犬のときとは違い、別人のような行動力だった。

「放さんか！　泥棒が！　わしの犬は一匹たりとも渡さんぞ！」

「ラブ君、放してあげて」

「でも、危ないですよ」

「大丈夫。ね？　おじいちゃんは、女性に暴力なんて振るいませんよね？」

「わしの犬をさらうつもりなら、おなごでも腕の一、二本、叩き折ってやるわい！」

老人の顔は赤らみ、息が酒臭かった。

「おじいちゃん、私達は泥棒じゃありません。この子達のお世話をしにきたんですよ」

璃々は言いながら、天野に離れるように目顔で合図した。

天野が、渋々と老人のビニール傘から手を放した。

「誰がそんなこと頼んだ!?　世話ならわしがしとるわ！」

老人が口角泡を飛ばし、ビニール傘でサークルの中を指した。

酔っているので、いちいち声が大きかった。

「どこがですか？　ゴミだらけ糞尿だらけで、ボウルには水も入ってませんよ」

璃々は、老人を刺激しないように冷静な声で状況を説明した。

「たまたまじゃ！　いつもは水も切れんようにしとるし、ゴミも糞も落ちとらん！」

「じゃあ、この子達はなんですか？　骨と皮だけになって、倒れていたんですよ？」

璃々は、台車の上に横たわる中型犬を指差した。

「喧嘩でもしたんじゃろうて。朝見たときまでは、無事だったからのう」

老人が嘯《うそぶ》いた。

「すみません。いまは、おじいちゃんと話している暇はないんです。この子達を病院に連れて行きます。後日、改めて伺いますから。涼太」

璃々は早口に言うと、涼太を促し台車を押した。

「わしの犬を勝手に連れて行かせんぞ！」

老人が両手を広げて、璃々達の行く手を遮った。

「誰の犬であっても、死にそうになっている子を見殺しにはできませんっ。ご自分の犬だというのなら、どうしてこんなになるまで放っておくんですか！　とにかく、この子達は保護して病院に連れて行きますっ」

「許さんぞ！　わしの犬を……」

「父さん、もうやめてくれよっ。この人達は、父さんの犬を助けにきてくれているんじゃないか！」

佐々木が、老人の前に歩み出て訴えた。

「お前は騙されておる！　こやつらは、わしの大事な子供達をさらってガス室送りにする気じゃぞ！」

老人が、ビニール傘で璃々達を指しながら興奮気味に言った。

「そんなこと、するわけないじゃないか！　逆だよ。弱ったり病気になってる犬達を、動物病院で治してくれるんだからさ。なあ、父さん、頼むから、この人達を行かせてあげてくれ」

佐々木が、根気よく老人を諭した。

「わしは信じんぞ！　わしは知っておる！　こやつらはうまいこと言って、人の犬を動物病院で殺す気なんじゃ！」

老人が、ビニール傘の先を璃々、涼太、天野に突きつけた。

「父さん、いい加減にしないと……」

「ここは、私に」

老人に詰め寄る佐々木を、璃々はやんわりと制した。

「おじいちゃん。息子さんからお聞きしました。最愛の奥様が亡くなられてつらい日々を救ってくれたのが、この子達だというお話を。そんな子達が、ストレスで喧嘩して怪我をし、不衛生で病気になり、餌も水もなく栄養失調で命を落としかけています」

璃々は、老人の瞳をみつめ切々と訴えた。

「じゃから、わしがお前らから大事な子供達を守っておるんじゃないか！」

老人が、駄々っ子のように地団駄を踏みながら叫んだ。

妻のことを出した瞬間に、明らかに老人は動揺していた。

「そのお気持ちは信じます。でも、おじいちゃんがやっていることは、哀しみに暮れる旦那さんに生きる活力を与えるために奥様の代わりになってくれた宝物の光を、消そうとしているんですよ？　それがわかりますか？」

「黙れ黙れ黙れ！」

老人がきつく眼を閉じ、激しく頭を振った。

「いいえ、黙りません。眼を開けてくださいっ、しっかりと、奥様の宝物達の姿を見てください！」

璃々の迫力に気圧《けお》されたように、老人が眼を開け二台の台車の上とクレートの中で横たわる四頭の犬に視線をやった。

「聞こえますか？　この子達の哀しみの叫びが？　あんなに優しく、自分達の世話をし、散歩して遊んでくれたおじいちゃんが、全然、姿を見せてくれない。お腹減ったよ、喉渇いたよ、寂しいよ……おじいちゃんに会いたいよ。この子達の声が、聞こえませんか?」

璃々は、一言一言に祈りを込めた。

胸奥に生きているはずの、犬達への愛情を忘れていない頃の老人に想いが届くように。

「黙れ……黙れ……」

耳を塞《ふさ》ぎ、老人が屈み込んだ。

「とりあえず、この子達を連れて行きますね。ほかのワンちゃんのことは、また、ご連絡しますから。では、お父様をよろしくお願いします」

璃々は老人から佐々木に視線を移し言い残すと、台車を押した。

☆

五坪ほどのスクエアな空間に向かい合わせに置かれたオフホワイトのソファ、壁にかけられた様々な犬の写真、低く流れるヒーリングミュージック……「TAP」の「待機室」に、璃々、涼太、天野が入ってまもなく三十分が経つ。

「待機室」は、併設されている動物病院でペットが治療を受けている間、飼い主や関係者が待つ場所だ。

もっとも、「待機室」に通されるのは生死にかかわる状態のペットの付添人だけだ。

「あの子達、大丈夫っすかね?」

璃々の隣に座っている涼太が、不安げに訊ねてきた。

「この程度でへこたれるような子達なら、とっくに息を引き取っていたと思うわ。あの劣悪な環境で放置されても生きてたんだもの。絶対に大丈夫」

璃々は、自らにも言い聞かせた。

死んではいけない。

あの子達はこれから、たくさん愛情を受けて、たくさん散歩して、たくさんおいしいものを食べるのだ。

哀しんだまま……苦しんだまま、死なせることは絶対にできない。

「それにしても、びっくりしました。あんなに熱《いき》り立っている大きな犬達に囲まれても動じないなんて。やっぱり、動物警察の人は凄いって改めて感じました」

璃々と涼太の対面のソファに座る天野が、しみじみと言った。

「私だって、内心は焦っていたわよ」

「でも、結局、スタンガンも使わなかったじゃないですか？　僕には、とても真似ができません」

「そりゃあ、ワンコ達がガムボーン目当てに群がっただけで蠟《ろう》人形みたいに蒼白になって固まってたビビリ君には無理だよね～」

涼太が、天野を茶化した。

「たしかに、返す言葉がありません。本当に、恐怖でなにもできませんでした」

天野がうなだれた。

「ラブ君さ、いま頃後悔してるんじゃない？　ハンター達を四頭も引き取るって大口を叩いたこと」

「こらこら、からかわないの。私達と違ってラブ君は犬と接した経験が圧倒的に少ないんだから、あの状況で固まるのは仕方ないわよ。それに、あそこにいたワンコ達は日々のストレスと空腹で気が立っていたんだから、ハンター達とは違うわ。第一、あんただって声を震わせて怖がってたじゃない」

言いながら、璃々は残してきた犬達に思いを馳《は》せた。

「ＴＡＰ」に戻る車内から佐々木に電話をして、餌と水をあげサークル内を清潔にするように頼んだ。

璃々達がいなくなったあと、老人は一言も喋《しゃべ》らずに部屋に引き籠もったという。

——母のことを言われて、ショックを受けているようです。まあ、これで昔を思い出して元の父に戻ってくれればいいんですが……。

——明日、もう一度伺います。どちらにしても、あの子達はいったん保護します。その後、お父様が改心してくだされば、飼育可能な頭数をお戻しすることも検討します。

佐々木とのやり取りが脳裏に蘇り、璃々は暗鬱《あんうつ》な気分になった。

今日の様子なら、相当に抵抗するに違いない。

できることなら、妻に先立たれて生きる意欲を失った老人に、希望と活力を与えてくれた犬達を奪いたくはなかった。

だが、いまの老人では犬達の生きる意欲と命を奪ってしまう結果になる。

それは、犬達にとってはもちろん、老人にとっても悲劇だ。

遅くとも二、三日中には、心を鬼にして強制保護に当たる決意を固めていた。

本当は明日の朝一番にでも佐々木家の犬達を保護したいが、あれだけの頭数なので受け入れ態勢を整えなければならない。

まずは動物愛護相談センターなどに協力を仰ぎ、犬達を保護する人員を揃えることだ。

約五十頭ほどいたので最低でも人員は十人、保護犬を搬送するバンも五、六台は必要になる。

一番大事なのは、保護犬を預かってくれる施設の確保だ。

「TAP」にも保護動物の飼育スペースを設けているが、それはあくまでも受け入れ施設が決まるまでの一時的な場所だ。

保護犬施設のように、新しい飼い主が決まるまで飼育するシステムとは根本的に違う。

「TAP」は虐待や災害から動物を救うのが目的で、譲渡先を見つけるのが仕事ではないのだ。

「僕も、今回のことでいろいろと反省しました。犬を飼うということは自分以外の命を全うさせなければならないということ……北川さんの犬達への愛情溢れる接しかたを見ていて、改めて感じました。なので、ハンター達四頭を天野家に迎え入れるまで、家族とよく話し合い役割分担を決め、万全の態勢で寄り添っていきたいと思いました。まずは専用のドッグトレーナーさんを雇って貰えるように、父に頼んでみます」

天野は、犬を飼うことを嫌になるどころかさらなる強い意欲を持ち、保護犬達に向き合う覚悟をしていた。

「あ〜あ。お金持ちはいいよな〜。庶民は、専用のドッグトレーナーどころかドッグフードの値段も気にしながら買うっていうのに」

「拗《す》ねないの。お金があっても、犬への気持ちがなければできないことよ」

璃々は涼太を窘めた。

「それより、あのじいさん、おとなしく従いますかね？」

思い出したように、涼太が訊ねてきた。

「私の思いが、通じてくれていればいいんだけど」

璃々は、物憂《ものう》げな表情で呟いた。

「奥様への愛が、犬達への愛を思い出させてくれるか……ですよね？」

天野に、璃々は頷いた。

「お酒の飲み過ぎで依存症みたいになってましたから、期待しないほうがいいっすよ。パチンコ店とかで、玉が出ないからって店員に絡んだり台を蹴飛ばしている酔っ払いと同じですよ」

「こら、またそんなこと言う」

璃々は、涼太を睨みつけた。

「でも、そのへんは僕も気になっています。息子さんを傘で殴りつけるような、不安定な精神状態ですからね」

天野が、眉間《みけん》に深刻な縦皺《たてじわ》を刻んだ。

「最善はおじいちゃんに改心して貰うことだけど、どちらにしても、いったんはワンコ達を保護しなければならないわ。いま、生死の境を彷徨《さまよ》っているあの子達のことを考えると、どんな理由も免罪符にはならないから」

璃々は、厳しい表情で唇を引き結んだ。

「息子さんから聞いたおじいさんの背景を考えると少しかわいそうな気もしますが、物言えぬ犬達が苦しんでいる様子を目の当《ま》たりにした以上、仕方ないですね」

天野が、悲痛に顔を歪ませた。

「みんなでこうして待ってても仕方ないから、あの子達の受け入れ態勢を整えましょう。涼太は、動物愛護相談センターと提携している保護犬施設に片っ端から電話して、交渉してちょうだい。ラブ君は、いまから私と一緒にきてくれる？」

璃々は思い直し、二人に指示を出した。

四頭の容態は気になるが、ここで寄り集まっていてもなんの力にもなれない。

獣医師には獣医師の命の救い方があるように、「TAP」の捜査員には別の救い方がある。

「どこに行くんですか？」

天野が怪訝な顔で訊ねた。

「佐々木さんのところよ」

「え？　まだ、保護の手筈は整ってないですよね？」

「佐々木さんに世話を頼んだけれど、心配だから様子見と、それから、もう一度おじいちゃんを説得しようと思うの」

「なるほど。いきなり大人数で強制保護に行くより、事前交渉をしてみる価値はありますね」

「そういうことなら、俺がお供しますよ！　おじいちゃん、逆上してハスキーとかシェパードとかけしかけてくるかもしれないでしょ？　そしたら、ラブ君は固まっちゃって使い物にならないから俺が……」

「あんたには受け入れ施設の確保をお願いしたでしょう？　さすがにそれは、『ＴＡＰ』の職員じゃなければ無理だから」

「そりゃそうですけど……」

「大丈夫ですよ。僕に任せてください。もう、さっきみたいな情けない姿は見せません。万が一なにかがあったら、僕が責任を持って北川さんを守りますから」

天野が、璃々と涼太を交互に見ながら言い切った。

「どの口がそんなこと言えるのか……」

涼太の憎まれ口を遮るようにドアが開き、「ＴＡＰ」専属の獣医師が入ってきた。

「先生！　どうでしたか⁉」

条件反射――弾かれたように、璃々は立ち上がった。

涼太と天野も、釣られたように腰を上げた。

「四頭とも、栄養失調や感染症でかなり衰弱していましたが、みな、なんとか持ち堪《こた》えてくれています。まだ、予断を許さない面もありますが、恐らく大丈夫でしょう」

「よかった……」

安堵に、璃々の足から力が抜けてよろめいた。

「先輩っ、大丈夫ですか⁉」

慌てて、涼太が璃々を支えた。

涼太や天野の手前、心配していないふうを装っていたが、脳裏には最悪な光景がちらついていた。

内心では、もしものことがあったらと考えただけで、居ても立ってもいられなかったのだ。

「ありがとう。ちょっと、立ち眩《くら》みしただけだから。先生、本当にありがとうございました！」

璃々は、深々と頭を下げた。

「いやいや、頑張ったのはあの子達だから。彼らは、凄い生命力だよ。みんな、よく頑張ってくれた」

獣医師が、感慨深い表情で頷いた。

「会えますか？」

「点滴を打ちながらみんな寝てるけど、それでもよければ」

「寝顔を見るだけで、十分です」

本音だった。

あの子達の寝息を聞き、脇腹が上下しているのを見られるだけでいい。

「じゃあ、こちらへ」

獣医師に促され、璃々達は「待機室」を出た。

ていた。

☆

壁に設置された入院スペースのケージ……上段が小型犬、下段が中、大型犬のケージになっていた。

点滴に繋がれ俯《うつぶ》せになる四頭の背中が上下するのを確認し、璃々は改めて安堵した。

「頑張ったな、えらいぞ」

涼太が腰を屈め、トイプードル系の雑種に声をかけた。

「本当に、頑張ったわね」

璃々はしゃがみ、四頭を柔らかな眼差しでみつめた。

ラブラドールレトリーバーの雑種の尾が、微かに動いた。

不意に、涙が込み上げた。

こんなひどい目に遭いながらも、この子達はまだ人間を信じてくれようとしている。

餌も貰えず、散歩にも連れて行って貰えず……命を失いかけるほどに放置されても、一言声をかけてあげるだけで喜びを表現する。

「動物から見習うこと、こんなにあるんですね」

天野が、しみじみとした口調で言った。

「そうね。人間は豊かになり過ぎてなんでも手に入れることができるようになった代わりに、一番大事なものを手放したのかもしれないわね」

璃々は、天野や涼太にわからないよう手の甲で涙を拭いた。

胸ポケットのスマートフォンが震えた。

ディスプレイには、佐々木さん、と表示されていた。

「なにかありましたか？」

電話に出るなり、璃々は訊ねた。

『あの子達のことが気になりまして。どんな感じでしょうか？』

「いま、点滴を受けながら眠ってます。これから栄養と免疫力をつけて、どんどん元気になりますよ」

『よかった……ありがとうございます。本当に、感謝します』

「いえ、頑張ったのはこの子達です。それに、まだ終わったわけではありません。ほかのワンちゃん達を、保護できていませんから」

璃々は、自らに言い聞かせることで気を引き締めた。

四頭が峠を越したからといって、四十頭以上がいまこうしている間にも劣悪な環境に放置されているのだ。

『その件ですが……あっ……』

『犬泥棒めが！　わしの犬達はどうなった⁉』

電話に割り込んできた老人が、いきなり璃々を罵倒した。

「四頭とも、一命は取り留めました。このまま、回復の方向に向かうでしょう。ですが、あと一日……いいえ、数時間病院に連れて行くのが遅れたら、命を落としていました。おじいさんが、大切な宝物を死なせるところだったんですよ？　逆を言えば、倒れたのがこの子達四頭だけで済んでいるのが奇跡です。いまならまだ、間に合います。取り返しがつかなくならないうちに、残りの子達もウチが保護……」

『うるさい！　わしに説教する気か⁉　盗人猛々《たけだけ》しいとは、お前のことじゃ！　もう、面倒になったから、残りも全部くれてやるわい！』

老人が、捲《まく》し立てた。

「それは、おじいさんの飼っているすべての犬達を保護してもいいということですね？」

『何度も言わせるなっ。くれてやると言ったじゃろう！』

予想外の急展開だった。

犬の世話が面倒になったのが本当の理由かはわからないが、老人が頑なな態度を一変させ彼らの保護を認めたのは事実だ。

「ご理解頂き、ありがとうございます。では、早速ですが明日、お伺いする時間を決めさせて頂いてもよろしいですか？　人員の手配がありますので、早くても午後からになります」

老人の気が変わらないうちに、一気に話を進めておきたかった。

明日までに動物愛護相談センターの協力を仰げるか、また、無事に保護できても受け入れ先の施設が決まっていない現状を踏まえると、犬達を保護するのは二、三日後のほうがよかった。

だが、強制保護するつもりだったときの手間を思うと、老人の許可を得たいまのほうが比べ物にならないほどスムーズにことを運ぶことができる。

『ただし、一つだけ条件がある』

「なんでしょう？」

『フミだけは、わしのもとに残してほしい』

「フミ？　ワンちゃんのことですか？」

『そうじゃ。垂れ目なところがどことなく女房に似ておったから、同じ名前をつけたんじゃ』

老人の言葉が、璃々の心に深く刺さった。

そして、面倒になったからくれてやるというのが本音ではないとわかった。

「わかりました」

『本当か⁉　フミは飼ってもいいんじゃな⁉』

老人の声が弾んだ。

「はい。ただし、それを認めるには私からも条件があります」

情に流されそうになる自分を、点滴に繋がれている四頭を見て引き戻した。

『なんじゃ？』

「いったん、フミちゃんも保護します。それから一ヵ月の間、おじいさんのお宅に抜き打ち訪問して様子を観察します。お酒を止《や》めて、サークルを清潔に保ち、規則正しい生活に戻ったと判断できればフミちゃんをお戻しします。ですが、また生活が元の乱れたものに戻れば、フミちゃんをふたたび保護することになります。そしてもう二度と、おじいさんにお戻しすることはできません。この条件を呑んでくださいますか？」

束《つか》の間、沈黙が広がった。

だが、それが老人が逡巡《しゅんじゅん》している沈黙でないことは、微かに聞こえてくる嗚咽が代弁していた。

フミは、きっと老人のもとに戻ることができる。

返事を聞く前に、璃々の心は確信していた。

最終章　ＴＡＰ存続の危機

1

「今日はみんなに、改めて話しておきたいことがある」

午前九時。「ＴＡＰ」の会議室の円卓――ハイバックチェアに座る部長の兵藤が、渋い顔で切り出した。

毎週月曜日の朝は、「捜査部」の会議が開かれる。

各捜査員の捜査状況の報告や情報共有が目的の場であり、大きな事件を抱えているときには対策会議の場へと変わる。

幸いなことに、いま「ＴＡＰ」には、近所の犬の吠え声がうるさい、散歩中の犬が家の前に糞や尿をして困っている、などの苦情が寄せられているだけで虐待などの大事件はない。

だからといって、油断はできない。

小さな諍《いさか》いがこじれて大きなトラブルに発展し、犬達に危害が及ぶこともあるのだ。些細な揉め事が大事にならないように火種のうちに消しておくのも、「TAP」の大事な職務だった。

璃々は八王子の多頭飼育崩壊の犬達の保護を、先週終えたばかりだった。四十頭を超える犬達はすべて、都内の保護犬施設に引き取られることになった。

「なんですかね？　朝から縁起が悪くなりそうな顔して」

璃々の隣で、涼太が囁いた。

「もともと、ああいう顔なのよ」

璃々が囁き返すと、涼太が噴き出した。

「花粉症かな？」

兵藤が、皮肉っぽく言いながら腫れぼったい瞼の奥の瞳で涼太を見据えた。

「あ、いえ……すみません」

慌てて、涼太が詫びた。

「話を続ける。ここ最近、『TAP』の通報室に多くの苦情が寄せられている。まず、一番多かったのが、犬の散歩中に躾《しつけ》をしていたら『TAP』の捜査員から注意を受けた、というものだ」

兵藤は言葉を切り、会議に参加している十名の捜査員の顔を見渡した。

やはり、この話か……。

璃々は、心で呟き小さくため息を漏らした。

「犬は……とくに中、大型犬の場合は本格的に散歩デビューする前に、ほかの犬に吠えかかったり、通行人に飛びついたりしないように、飼い主の足元について歩くリーダーウォークという躾が必要だ。ほかの犬やその飼い主を傷つけたり、飼い犬自体が傷ついてしまう場合があるからね。リーダーウォークの躾の一つに、リードショック法というものがある。犬が勝手に歩き出したり違う方向に行こうとしたときに、リードを引っ張りショックを与える方法だ。犬はびっくりして立ち止まり、飼い主の顔色を窺う。飼い主は間を置かず飼い犬の頭や身体を撫でてやり、数分間、たっぷりと褒めてあげる。飴《あめ》と鞭《むち》を繰り返されることで、犬は条件反射でやってはいけないことを身体で覚える。君達も、聞いたことあるだろう？　ところが、リーダーウォークの訓練中に『ＴＡＰ』の捜査員から職務質問や注意を受けたという苦情の電話が先月だけで十数件寄せられている」

ふたたび言葉を切った兵藤が、苦虫を嚙み潰したような顔で捜査員を見渡した。

「これ、俺らのことっすよね？」

涼太が囁いた。

璃々は小さく顎を引いた。

保身がすべての兵藤は、苦情を寄せられることにたいして異常に過敏になっていた。

『TAP』に苦情が入るだけならまだましだが、東京都福祉保健局のほうにこういった連絡が集まれば大変なことになる。君達も知っての通り『TAP』は試験的に運営されている機関であり、なにか問題を起こせばすぐに取り潰されてしまう。そのへん、みんな、わかっているよな？」

遠回しにねちねちと言いながら、兵藤が三度、捜査員の顔を見渡した。

「よろしいですか？」

璃々は手を挙げた。

「ちょっと、先輩、余計なことは言わないほうがいいですよ」

涼太が、慌てて璃々を止めた。

「北川君。なんだね？」

「私はこれまで、リーダーウォークの訓練をしている人五十人以上に、注意を促してきました。リーダーウォークと言っても、専門的な知識と技術を持つドッグトレーナーが行う場合と、素人の飼い主がYouTubeの動画などで見様見真似でやる場合を、同一に語れません。そもそも、指示に従わせるためにリードを勢いよく引っ張り刺激を与えるというやりかたは、危険と背中合わせです。素人は力の加減がわからず犬の脛骨《けいこつ》を傷めさせたりすることもありますし、最悪骨折という事態も考えられます。心の傷も心配です。いくら、リードショックを与えたあとに時間をかけてスキンシップを取ると言っても、プラスマイナスゼロになるわけではありません。私から見たら立派な虐待に繋がる行為だと思うので、声をかけてプロか否か、素人であれば事故に繋がらないように注意を促すのは当然の行為だと思っています」

璃々は、兵藤から視線を逸らさずにきっぱりと言った。

「北川君の主張も一理あるが、だからといってリーダーウォークをしている人達にのべつまくなしに職務質問するのは問題だろう？　犬の躾は法律で禁じられているわけではないし、いきなり犯罪者のように扱われる飼い主の気持ちにもなってみなさい。君は、いつも行き過ぎなんだよ」

兵藤が、憎々しげに吐き捨てた。

「のべつまくなしに職務質問をしているわけではありませんし、飼い主さんを犯罪者扱いもしていません。それに、法律で禁じられていなくても危険だと判断したことには事前に対処する……」

「もういい。君と議論している場合じゃない。これは、上司としての命令だ。とにかく、これからは無闇に職務質問をしないように。この話は以上！」

「そんな一方的な……」

「それから、もう一つ、君には聞きたいことがある」

抗議しようとする璃々を遮った兵藤が、プリントを掲げた。

「これは、なんだ？」

「これから、立ち入り検査する予定のペットショップのリストです」

璃々は言った。

「なんのために？」

「『通報室』に通報が入ったペットショップの一覧です」

兵藤が手にしているリストに掲載されているペットショップは七軒だ。

衛生面など飼育環境に問題がある、ワクチン接種を受けていない個体を販売している、母犬の健康面を無視した無茶な繁殖をしている……などなど、なんらかの問題があるペットショップがリストアップしてある。

もちろん、ガセネタかもしれないし、通報者の勘違いかもしれない。

だが、通報内容が真実だった場合は、一刻も早く指導し、改善が見られない場合は営業停止命令を出し犬猫を保護しなければならない。

「悪戯や同業者のやっかみで通報してくることも多いから、いちいち真《ま》に受けて視察するのはどうかと思うがな。さっきの職務質問と同じで、度が過ぎると越権行為だという非難が高まり、『TAP』の存続にかかわる問題に発展しかねないからな」

兵藤が、リストをひらひらさせながら釘を刺してきた。

「はい。お客さんを装い慎重に様子を見ることから始めますのでご安心を」

璃々は、素直に答えた。

これ以上兵藤を刺激すると、立ち入り検査にも横やりを入れられてしまう恐れがあるからだ。

兵藤のことがなくても、営業妨害になるようなやりかたをするつもりはなかった。

それこそ、通報がガセだった場合、立ち入り検査を派手にやってしまうと店のイメージダウンになってしまうからだ。

「わかった。その言葉、信じることにしよう。ただし、赤坂の『セレブケンネル』はリストから外すんだ」

「え？　どうしてですか？」

「この店は私もよく知っているが、問題があるような店ではないからだよ」

兵藤の言葉に、璃々は違和感を覚えた。

「でも、『セレブケンネル』には、あまりいい噂がありません。元トリマーからの通報で、売れ残った犬をバックヤードの小さなケージに詰め込んでいるとか、病気になってもコスト削減のために病院に連れて行かずに放置したままとか……」

「だから、デマだと言ってるだろう。私が問題ないと言ってるんだから、おとなしくリストから外しなさい」

兵藤が、璃々を遮り一方的に命じた。

「デマかどうかは、調査すればわかります。確認もしないうちにリストから外すことはできません」

璃々は、強い意志の宿る瞳で兵藤を見据えた。

どれだけ兵藤に睨まれても、ここは譲れない。

「言っただろう？　君と議論する気はない。これも命令だ」

「そんな理不尽な命令には従えません。私達『TAP』の使命は、動物の命を守ることです。調査もせずにリストから外して、デマじゃなかったらどうするんですか!?」

璃々は、臆《おく》せずに心のままを口にした。

上司からの圧力に屈して動物の命の危険に背を向けることなど、できはしない。

会議室に、衝撃音が鳴り響いた。

デスクを掌で叩いた兵藤が立ち上がり、下膨れ顔を朱に染め唇を震わせていた。

捜査員の驚いた視線が兵藤に集まった。

「とにかく、『セレブケンネル』はリストから外すんだ。命令に従わないときは、君の立場が危うくなるっ。わかったか！」

「解雇したいなら……」

「わかりました！　『セレブケンネル』はリストから外します！　先輩には、私から言い聞かせますから！」

涼太はそう言うと、璃々の手を引き会議室を出た。

「なにするのよっ。放しなさい！」

璃々は、涼太の腕を振り払おうとした。

「あれ以上反論したら、本当にクビになってしまいますよ！」

「私は、クビになるようなことはなにもやってないから！」

「わかってます！　俺だって、腹が立ちますよ！　でも、いつになく強硬な態度だったし、『セレブケンネル』に立ち入り検査したら困ることがなにかあるんですよっ」

「困ることって、なによ!?」

「それはわかりませんけど、とにかく、部長の立場が悪くなるなにかがあるはずです。とにかく、先輩は過去の貯金で部長に睨まれていますから、今回はおとなしくしていてくださいね」

涼太が、幼子《おさなご》に言い聞かせるように璃々を諭した。

璃々はスマートフォンを手に取り、登録したばかりの番号を呼び出しタップした。

「どこにかけてるんですか？」

涼太の問いかけに答えず、璃々はコール音に耳を傾けながら目まぐるしく思考を巡らせた。

たしかに、涼太の言う通り今回の兵藤はいつにも増して強硬な姿勢だった。

保身の塊の人間だから、触れてほしくないなにかが「セレブケンネル」にはあるに違いない。

もちろん、璃々にしても、なにもなければ立ち入り検査などするつもりはなかった。

しかし、奇《く》しくも「セレブケンネル」はリストアップした中で最も通報が多く、加えて匿《とく》名《めい》がほとんどの中、実名を出して立ち入り検査をしてほしいと訴えてきた女性がいた。

『もしもし？』

五回目のコール音の途中で、若い女性の声が流れてきた。

「先輩、誰に……」

「もしもし、三吉智咲《みよしちさ》さんですか？」

涼太を遮るように、璃々は女性に確認した。

『はい、そうですけど……失礼ですが、どちら様でしょうか？』

女性……三吉智咲が、訝しげな声で訊ね返した。

「失礼しました。私、『東京アニマルポリス』の北川と申します。通報室に港区赤坂の『セレブケンネル』の件で連絡を頂きましたよね？」

『あ、はい。私が連絡しました』

「突然で申しわけないんですが、いまから少しお時間を頂けませんか？　場所を指定してくだされば、どこへでも伺いますから」

「ちょっと、先輩！」

璃々は、涼太から逃げるようにスマートフォンを耳に当てながら足を踏み出した。

背後から、涼太が追ってくる気配があった。

『いまからですか？』

「はい。三吉さんの通報内容が事実なら、一刻も早く立ち入り検査をしなければなりませんから」

『あの、私が通報したということは……』

「大丈夫です。情報源を明かすことはありません。それに、『セレブケンネル』には三吉さん以外にも数多くの通報が入ってますから」

璃々は、智咲の不安を拭い去るように力強く約束した。

『わかりました。じゃあ、私のいまのバイト先が溜池山王《ためいけさんのう》なので、駅前のカフェとかでもいいですか？』

「もちろんです。いまから一時間以内に到着できます。カフェはどこにしますか？」

『駅前の外堀《そとぼり》通り沿いに「ピンクフラミンゴ」というカフェがあります。私も、一時間あれば向かえます』

「了解です。では、のちほど」

電話を切った璃々は、エレベーターに乗った。

「先輩っ、立ち入り検査なんてダメですよ！」

閉まりかけた扉を、涼太が肩でこじ開け飛び込んできた。

「立ち入り検査に行くんじゃなくて、通報者の女性に会いに行くのよ」

「その人に会って話を聞いたら、立ち入り検査をするんでしょう⁉」

「事実だったら、そうなるわね」

エレベーターが地下駐車場に到着し、扉が開いた。

「ほら！　やっぱり、そうなるじゃないですか！」

璃々は足を止め振り返ると、涼太と向き合った。

「逆に訊くけど、犬達が虐待されているとわかっても見て見ぬふりをする私でいてほしいの⁉」

璃々は、涼太に詰め寄った。

「そりゃあ、俺だって、いまのままの先輩が一番好きですよ！　でも、その大好きな先輩がクビになるのは耐えられないっすよ！」

涼太が、潤む瞳で璃々をみつめた。

まっすぐで純粋な後輩の思いが、璃々の胸を打った。

「ありがとう。涼太の気持ちは嬉しいよ。でもね、私達が耳を澄まさないと、物言えぬ子達の心の叫びに誰が気づいてあげるの？　これが、私の生き方なの」

璃々は、一言一言に想いをのせて言った。

涼太に言うのと同時に、己にも言い聞かせた——組織の一員である前に、一頭でも多くの弱い立場の命を救う人間であると誓った初心を忘れないように……。

「わかりました。じゃあ、俺も行きます！」

「だめよ。あなたは、会議に戻りなさい」

「先輩は、犬達が虐待されているとわかっても見て見ぬふりをする俺でいてほしいんですか⁉」

涼太が、ニヤリと笑った。

「一本取られたと言いたいところだけど、先輩として後輩を巻き込むわけには……あ、待ちなさい！」

涼太が駐車してある「TAP」専用車に走った。

「先輩を守るのも後輩の役目だと思ってますから！」

してやったりの顔で言い残し、涼太は専用車のドライバーズシートに乗り込んだ。

☆

「お話しする前に、改めて確認してもいいですか？」

「ピンクフラミンゴ」という店名のイメージとは違い、オフホワイトのインテリアで統一されたシンプルな店内──テーブルの対面に座る三吉智咲は、ショートカットで小柄なボーイッシュな女性だった。

悪戯《いたずら》ではないことの証明に確認した運転免許証で、智咲が璃々と同年代だとわかった。

「情報提供者の名を明かさない、ですよね？」

璃々が言うと、智咲が頷いた。

「疑っているみたいで何度もすみません。オーナーは、凄く怖い人で……」

智咲のティースプーンを持つ指先が、声音同様に微かに震えていた。

「もしかして、『セレブケンネル』のオーナーってこっち系の人ですか？」

涼太が、人差し指で頬に線を描くようにして訊ねた。

「え？　ああ、ヤクザさんではありません。オーナーの怖さは、性格です」

智咲が、強張った顔の前で手を振った。

「どういうところが怖いんですか？」

璃々は軽い口調で訊ね、アイスティーをストローで吸い上げた。

喉は渇いていなかったが、友人同士でお茶しているようなリラックスしたムードにしたかった。

ただでさえ、智咲はオーナーに怯《おび》えている。

通報したのにも、よほどの勇気を要したことだろう。

彼女を萎縮させず、知っていることを隠さずに話させたかった。

こうしている間にも、苦しみに喘《あえ》ぎ恐怖に怯えている犬や猫がいるのだ。

「オーナーを一言でたとえれば、天使と悪魔です」

「天使と悪魔？」

涼太が鸚鵡返しに呟いた。

「はい。あんなにいい人はいない、あんなに動物好きな人はいない、無償の愛に溢れた人だ、マザー・テレサの生まれ変わりのような人だ……オーナーと接する人はみな、口を揃えて称賛します。でも、オーナーには悍《おぞ》ましい裏の顔があります。ペットショップの犬は、犬種や個体によって差はありますが、だいたい生後三ヵ月を過ぎたあたりから売れなくなり、販売価格を下げます。四ヵ月からはほぼ売れなくなり、ペットショップからすれば商品価値がゼロという判断になります。商品価値がゼロになった犬には、何通りかの道があります。店員が引き取るか、知り合いに格安で売るか譲渡する、保護犬施設に引き取られる、生産者の繁殖用として格安で販売するか譲渡する、動物病院の輸血用として引き取られる、獣医学生の手術の練習台として大学に引き取られる、製薬会社の実験用として引き取られる……ほとんどの場合、憐れな末路を辿ります。でも、血の通ったオーナーなら、知り合いに譲るか保護犬施設に引き取って貰います。ですが、ウチのオーナーは売れ残った犬達を狭いクレートに入れてバックヤードの物置に閉じ込めて世話もしないんです」

「トイレマットの交換をしないってことですか？」

璃々は訊ねた。

「全部です。散歩にも連れて行かないし、シャンプーもしてあげません。お金がかかるという理由で、身体の大きな子にも餌は少量のドライフードを日に一回、十粒程度をクレートに直接放り込むだけで……。一度、かわいそうに思ってペーストフードをボウルに入れてバックヤードの犬にあげたら、バレてしまってひどく怒られました。こいつら売れ残りは一分一秒経つごとに、赤字を生み出し続けている。餌なんて、繁殖業者に引き渡すまでに死なない程度にあげていればいい。むしろ死んでくれたら手間が省ける。ゴミ袋に詰めて可燃ゴミに出せばいい。今度余計な真似をしたらクビだ……いま思い出しても、恐ろしい鬼の形相でした」

言葉通り、智咲の顔面は蒼白になり黒目は落ち着きなく泳いでいた。

「ひどい……なんて奴だ……」

涼太が怒りに震える声を絞り出し、テーブルを掌で叩いた。

驚いた周囲の客の視線が、一斉に集まった。

「落ち着きなさい」

璃々は涼太を窘めたものの、気持ちは同じだった。

しかし、いまは怒りに身を任せている暇はない。「セレブケンネル」の全貌を摑み、報告書とともに立ち入り検査の申請書を出さなければならない。

捜査部長の判子がなければ、原則的に立ち入り検査はできないことになっている。

だからこそ、早く報告書を作成し一秒でも早く兵藤の説得に当たりたかった。

だが、兵藤が簡単に納得するとは思えない。

最悪の場合、強行突破も厭《いと》わない覚悟を決めていた。

「何頭くらいの子達が、バックヤードに閉じ込められているんですか？」

璃々は訊ねた。

「私がバイトしていたときには、十数頭はいました。だいたい、生後四ヵ月を過ぎたあたりが目安になります。ほかは、怪我したり病気になった子なんかも一緒に閉じ込められていました」

「病院にも連れて行かないなんて……」

涼太が、声を震わせた。

「動物愛護相談センターには、相談しなかったんですか？」

璃々は、初歩的な疑問を口にした。

動物虐待を目撃した人達は、「TAP」の前に動物愛護相談センターに通報する場合が多い。

「三ヵ月くらい前、店を辞《や》めてすぐに相談したんですけど……」

智咲が、言葉を濁した。

「なにか問題でもあったんですか？」

璃々は質問を重ねた。

「問題というか……オーナーサイドから圧力がかかるみたいで、現場は動きたくても動けないようです」

智咲が、腹立たしげな表情で言った。

「オーナーサイドの圧力って、どういう意味ですか？」

「実は、北川さん達も二の足を踏むかもしれないと思って、言わないつもりだったんですが、オーナーの父親は東京都福祉保健局の幹部なんです」

「えっ、マジですか⁉」

涼太が、素頓狂な声を上げた。

無理もない。

東京都福祉保健局は動物愛護相談センターの上部団体であり、「ＴＡＰ」の存続に関する決定権を持っている東京都の行政部局だ。

「部長がいつになく強硬だったのは、だからですよ！」

涼太が、智咲から璃々に視線を移した。

ようやく、納得がいった。

「ＴＡＰ」の命運を握っている行政官庁の幹部の息子が経営しているペットショップに立ち入り検査をするなど、事なかれ主義である兵藤からすれば、燃え盛る炎に飛び込むようなものなのだろう。

「やっぱり、だめですか？」

諦めと後悔の入り交じった表情で、智咲が訊ねてきた。

「なぜですか？」

「だって、会社で言えば社長の息子の店を訴えるようなものでしょう？」

「たしかに、そういう構図かもしれません。でも、社長の息子であっても、いいえ、社長であっても悪いことをすれば罪を償わなければなりません」

璃々は、一片の迷いもなく言い切った。

「先輩、また悪い癖が出た。そんなことを、軽々しく言っちゃだめですよ」

涼太が、諫《いさ》めてきた。

「なにを恐れてるの？　相手が、『TAP』の上部団体だから？」

「ちょっと、いいですか？」

問いには答えず、涼太が席を立ち璃々を促して店の外に出た。

「なによ？　三吉さんが、不安になるじゃない」

「俺が一番怖いのは、東京都福祉保健局を恐れる部長です」

店外に出るなり、涼太が話を再開した。

「いままでも先輩は相当な無茶をしてきましたけど、最終的に部長が目を瞑《つむ》ってきたのは自身に火の粉がかかる心配がないと判断したからです。だけど、今回ばかりはそうはいきません。『セレブケンネル』に立ち入り検査の許可を出したら間違いなく部長の責任問題に発展しかねませんし、いいえ、『TAP』が存続できなくなる可能性があります」

「だから、狭いクレートに閉じ込められて、ろくに餌も貰えず死を待つような生活を強いられている犬達を見殺しにするって言うの？」

璃々は、涼太の眼を見据えた。

「そうは言ってません。ラブ君に任せましょう」

「ラブ君に？」

「ええ。『セレブケンネル』のオーナーがやっていることが本当だったら、立派な虐待罪です。ラブ君の出番でしょう」

「そういうわけにはいかないわ。まずは『TAP』が捜査をし、動物達を保護し、飼い主を『説得室』で取り調べ、改心が見られない場合は警察に引き渡す。なぜ、この手順を踏むかわかる？　それは、動物がかかわっているからよ。警察の職務は犯人を逮捕することであって、動物の心をケアすることは入ってないわ。『セレブケンネル』のオーナーを逮捕することはできても、虐げられていた動物達の心と身体の傷を癒《いや》すのは私達の使命なのっ。保身のために動物達の叫びが聞こえないふりして警察に丸投げするなら、『TAP』の存在意義がないでしょう！」

無意識に、拳を握り締めていた。

涼太の顔が滲《にじ》んだ。

心が震えた……暗闇で孤独と恐怖に怯える犬達に。

「わかってます……そんなことくらい、わかってますって！　どれだけ先輩にくっついてると思ってるんですかっ。でも、今回だけはかかわっちゃだめなんです！　先輩だけでなく、『TAP』がなくなる可能性だってあるんですっ。悔しいですが、この件に関してだけは兵藤部長と同意見です……。『TAP』が消えたら、動物を守れなくなるんですよ⁉　それじゃあ、本末転倒じゃないですか！　ねえ、先輩、お願いします！　『セレブケンネル』の犬達のことなら、ラブ君に伝えて保護犬施設に連れて行って貰えば心配ありませんっ。いえ、多少の不安はあるかもしれませんけど、この先、多くの動物を救い続けるために……いまだけは、我慢してください！　この通りです！」

涼太が、深々と頭を下げた。

彼もまた、全身全霊で璃々を守ろうとしてくれている。

「とりあえず、中に入ってて」

「先輩っ、思い直してください！」

「いまやるべきことは、私を案ずるよりも三吉さんの気持ちを安心させてあげることよ。彼女が勇気を振り絞って通報してくれた行為を、無駄にしちゃいけないわ。身内を優先して職務放棄するような人間に、心配されて嬉しいと思う？」

「……すみません」

涼太が、半べそ顔で詫びた。

「わかったら、早く席に戻って」

「先輩は戻らないんですか？」

「私は、ラブ君に電話して戻るから」

「え？　じゃあ、ラブ君に任せるんですね⁉」

涼太の瞳が輝いた。

「何度も言わせないで、早く三吉さんのところに……」

「はいはいはい、わかりましたよ！」

元気を取り戻した涼太が、弾む足取りで店内に駆け込んだ。

璃々はスマートフォンを取り出し、スケジュール表を開いた。

幸いにも、天野は非番だった。

通話ボタンを押した。

三回目の途中で、コール音が途絶えた。

『もしもし？』

喧騒に混じって、天野の声が受話口から流れてきた。

「ごめんね、仕事明けなのに」

『全然平気です。いま、保護犬達を受け入れるためのサークルやらケージを買いに母親とホームセンターにきているんです。どうかしましたか？』

「あ、そうだったんだ。じゃあ、またでいいわ」

『わざわざ電話をくれるくらいだから、大事な用件じゃないんですか？』

　束の間、璃々は逡巡した。

　普通なら切るところだが、いまは一刻を争うときだ。

　一時間の遅れが、小さな命を奪ってしまうかもしれないのだ。

「申し訳ないんだけど、私のわがままを聞いてくれるかな？」

『嫌だな、水臭いですよ。気を使わないで、なんでも言ってください』

「力を、貸してほしいの」

『虐待を受けてるペットを救うんですね？』

　天野が、すかさず璃々の状況を察した。

「ええ。それから、涼太もね」

『え!?　涼太君、拉致でもされたんですか!?』

「ううん、そうじゃないけど、今回の任務は犬達と涼太の両方を救わなければならないの。そのためにはラブ君、あなたの力が必要なのよ」

『わかりました。複雑な事情がありそうですね。一時間あれば、都内なら移動できます。どこに向かえばいいですか？』

「じゃあ、いまから一時間後に赤坂見附《あかさかみつけ》の10番出口で待ち合わせね。詳しくは、会ってから話すわ」

『了解です！　では、のちほど』

天野が、電話を切った。

「ありがとう」

不通音が途切れたスマートフォンをみつめ、璃々は呟いた。

眼を閉じ、深呼吸した。

気持ちを落ち着け、璃々は制服の内ポケットにいつも忍ばせている兵藤部長宛ての封筒を取り出した。

差出人は、動物愛護相談センターとなっている。

いつかくるかもしれない緊急事態に備え、璃々が作ったものだ。

中には、別の封筒が入っている。

時間があるときなら切手を貼りポストに投函するところだが、どうやらその余裕はないようだ。

動物愛護相談センターからの封書となれば兵藤もすぐに開けるだろうし、手渡すように頼む涼太も疑うことはない。

心苦しさがないと言えば嘘になるが、「ＴＡＰ」と涼太を守るためだ。

意を決した璃々は、封書を手に「ピンクフラミンゴ」の店内に戻った。

「お待たせして、ごめんなさい」

璃々は智咲に言いながら、席に腰を下ろした。

「ラブ君、どうでした？」

「いまから、赤坂に向かってくれるって」

「よかった〜」

安堵に頰を緩める涼太に、璃々の胸が痛んだ。

「三吉さん、知り合いの巡査が『セレブケンネル』に行ってくれることになりましたからご安心ください」

「本当ですか⁉」

智咲が瞳を輝かせた。

「ええ。バックヤードに閉じ込められている子達が確認できたら、虐待罪の現行犯で逮捕できます。必ず、救出してくれますから」

璃々は、力強く頷いて見せた。

「でも、先輩、家宅捜索するなら捜索令状とかが必要ですよね？」

涼太が、思い出したように言った。

「今日は視察で、確信が持てたらすぐに裁判所に発付の申請手続きをすると言ってたわ」

璃々は、罪悪感に強張りそうな頬を緩め涼太に微笑んだ。

「なかなか使える男ですね！　俺も負けないようにしなきゃ」

なにも知らない涼太が、嬉しそうに己を戒めた。

「そういうことで、また、進展がありましたらこちらからご連絡させて頂きますね。あ、それから、これを頼まれてくれるかしら？」

璃々は、智咲から涼太に視線を移し封書をさりげなく差し出した。

「兵藤部長に？」

涼太が、訝しげな顔で封筒の宛名に眼をやった。

「この前、動物愛護相談センターに行ったときに預かったんだけど、忘れてたの。悪いけど、渡しておいてくれる？」

「先輩は、どうするんですか？」

「私は、第二の『セレブケンネル』を出さないように、私服に着替えて都内のペットショップを視察してくるわ」

璃々は良心の呵責《かしやく》から意識を逸らし、疚しさが顔に出ないようにした。

「じゃあ、俺もお供しますよ！」

「その前に、部長に届けてくれる？　急ぎの用件だとまずいから。私が回っているペットショップをあとで連絡するから、合流しましょう。車は、あなたが使っていいから三吉さんを途中までお送りしてちょうだい。私は電車で移動するわ」

平静を装い、璃々は言った。

「了解っす！　早速、『TAP』に戻ります！　三吉さん、行きましょう！」

ごめん

一片の疑いも抱かずに智咲を促す涼太の背中を見送りながら、璃々は心で詫びた。

2

「北川さん！」

「セレブケンネル」の最寄り駅の赤坂見附駅の10番出口あたりにいた青年が、璃々を認めて手を振った。

白のポロシャツにデニム姿の青年……天野は、育ちのよさそうな大学生といった雰囲気で警察官には見えなかった。

「ごめんね、頼み事しておきながら待たせてしまって」

改札口を出た璃々は、詫びながら天野に駆け寄った。

「いえ、僕もいまきたばかりですから」

「ありがとう。とりあえず、ここは目立つから。どこかに入りましょう」

璃々は言い終わらないうちに、天野を先導するようにエスカレーターに乗り地上に出た。

☆

赤坂見附駅前のケーキ屋——トイレに近い席に、璃々は座った。

フロアの最奥で、客の出入りもわかるし目立たない場所だからだ。

璃々は「セレブケンネル」の社長の顔を知らない。

天野と打ち合わせをしているときに、現れてもわからない。

カフェよりも偶然のバッティングの可能性が低いと思い、ケーキ屋を選んだのだ。

「アイスティーをください」

「僕はアイスコーヒーで」

ケーキを頼まない二人に拍子抜けしたふうなウエイトレスが、注文内容を繰り返しテーブルを離れた。

「早速だけど、読んでくれた？」

璃々は訊ねた。

電車で移動する間に、「セレブケンネル」の件と、社長の父親が「ＴＡＰ」の上部団体である東京都福祉保健局の部長だということをメールで送ったのだ。

「メールですよね？　読みました」

「ごめんね、面倒事に巻き込んでしまって」

「僕は全然構いません。それより、大丈夫なんですか？　通報が本当だとしても、相手は福祉保健局の偉い人の息子でしょう？　虐待の罪で逮捕なんてしたら、璃々さんの立場が……」

「ラブ君なら、どうするの？　子供を虐待して死なせた犯人の親が警視庁のお偉方だったら、見て見ぬふりをするわけ？」

璃々は、天野を遮り訊ねた。

「まさか。誰の息子であっても、犯罪を見逃したりはしませんよ」

天野が即答した。

「私も同じよ」

璃々も即答した。

「でも、警察官を続けることはできないでしょうね。北川さんも、『ＴＡＰ』にはいられなくなります。それでもいいんですか？」

「大きくなって商品価値がなくなったからといって、ろくに餌も与えないで狭いクレートに閉じ込めて……挙句の果てに手術の練習台や輸血用として売られる犬達を見殺しにするような人間が、動物警察にいる資格はないわ。そんな人間になるくらいなら、お腹を空かして恐怖に怯える犬猫達を一秒でも早く保護して、『TAP』を去る道を選んだほうがましよ。だけど、涼太を巻き添えにしたくないの。だから、申し訳ないけどラブ君に協力を仰いだのよ」

「わかりました。北川さんがそこまで覚悟しているのなら、もうなにも言いません。僕だって、『セレブケンネル』の話が本当なら許せませんからね。とりあえず、僕の役目を教えてください」

天野が、意を決した表情で言った。

「虐待の証拠を押さえるまでは、ラブ君が警察官だということは伏せて私の連れということにしておいて。私も一般客のふりをして、様子を見るから」

「それじゃあ、バックヤードに虐待されている犬や猫がいるかどうかわからないんじゃないですか？　最初から、『TAP』を名乗って強制的に立ち入り検査をしたほうがいいと思いますけど」

「空振りはできないの。もしたまたまバックヤードに犬猫がいなかったら、私はクビにされてしまうわ。『TAP』を辞めるのは覚悟の上だけど、それは虐待されている犬猫達を保護して『セレブケンネル』の社長を逮捕してからの話よ。証拠を押さえないうちに権力者のパパに泣きつかれることだけは、絶対に避けなきゃならないわ」

璃々は、天野に言うのと同時に自らにも言い聞かせた。

「なるほど。一発勝負ってわけですね。でも、バックヤードに通報されたような犬猫達がいなかったらどうするんですか？」

「ガセネタだったらそれが一番だけど、通報者が『セレブケンネル』で働いていた元トリマーの女性なの。嘘を吐いているように見えなかったし、顔と名前までさらして嘘を吐く必要もないでしょう？　だって、立ち入り検査したらすぐにバレるわけだから。『セレブケンネル』の社長に個人的な恨みでもあったら別だろうけど……たとえば、フラれた腹癒《はらい》せに嫌がらせとかね。でも、彼女はそんな人に見えなかった。犬猫達の悲惨な扱いを語るときの彼女の眼に、嘘はなかったわ」

「じゃあ、まずは客を装い様子を見て、証拠を摑めそうになかったら作戦変更というわけですね？」

確認してくる天野に、璃々は頷いた。

「社長を泳がせて、尾行するつもりよ。どんな手段を使ってでも、虐待の証拠を必ず突き止めてみせるわ」

璃々はテーブルの下で、拳を握り締めていた。

「視察段階で社長が犬猫を虐待していると確信を得た場合、具体的に僕はなにをすればいいですか？」

「彼氏としての役目をお願いしたいの」

「彼氏⁉」

天野が素頓狂な声を上げた。

「うん。一からシナリオを話すから。私はプライベートで彼氏とペットショップにきている。幼い犬は注意が必要で手間がかかるから、できればある程度成長した犬がほしいと希望を出すの。通報が真実なら、売り物にならなくて処分しようとしていた犬が高値で売れるチャンスだから喜ぶはずよ。奥から犬を連れてきたら、ほかの犬も見たいからバックヤードに入れてほしいと頼む。社長は一番ましな状態の犬を慌てて綺麗にして連れてくるんだろうから、奥の部屋は見せられない。だから、理由をつけて断るはず。でも、バックヤードに犬はいるとわかる。私はもう一度、客の立場でお願いする。拒否されたら正体を明かし、立ち入り検査に切り替える。現行犯なら令状がなくても社長を逮捕できる。当然、社長は抵抗するはずよ。バックヤードを確認できずに退散したら、社長は証拠隠滅を図るわ。だから、どんなことをしてでもその場でバックヤードに立ち入り、犬猫達を助けなければならないの」

璃々は一息にシナリオを喋ると、運ばれてきたアイスティーで喉を潤《うるお》した。

「僕は、邪魔しようとする社長を阻止すればいいんですね？」

天野が、アイスコーヒーに入れたミルクとシロップをストローで掻き混ぜながら確認してきた。

「そう。ただし、あくまでも彼氏としてね。絶対に、警察官としての立場は明かさないで。彼氏が彼女のやることを手助けするのはあたりまえだから」

璃々は釘を刺した。

「僕が警察官だと明かしたほうが、スムーズにことが運ぶと思いますが」

天野が訝しげに言った。

「そうね。だけど、犬猫達を救えて社長を逮捕できても、ラブ君は署に内緒できているわけだから、責任を問われるわ。令状もなしに踏み込んで家宅捜索したとなると、始末書じゃ済まないでしょう？　私は、もともと『TAP』を辞める覚悟でいるから平気だけどね。気持ちはありがたいけど、今回は彼氏として協力して」

天野が、璃々の顔をまじまじとみつめた。

「ん？　どうしたの？」

「なんだか、複雑です」

「なにが？」

璃々は、怪訝な表情で訊ねた。

「気遣われているのが嬉しい反面、男として情けないし、彼氏として協力してと言われるのは嬉しい反面、本当の彼氏じゃないわけだし……」

天野が、璃々をみつめ続けた。

瞳から、熱い想いのようなものが伝わってきた。

「彼氏が嫌なら、友達として協力して」

璃々は、わざと鈍感な女を演じた。

「それはそれで、嫌です。彼氏役のほうが、やりがいのあるキャスティングですから」

天野が屈託なく笑い、冗談っぽく切り返してきた。

笑ってはいるが、必死にそうしているのがわかった。

少しかわいそうな気もしたが、仕方がなかった。

いまの関係がベストだと、璃々にはわかっていた。

正義感に満ち、心優しい……璃々は、天野のことが好きだった。

一人の人間として、尊敬できた。

バディとしては、涼太と同じくらいに最高の相性だった。

だが、それ以外の向き合いかたはできなかった。

人間、先のことはわからないが、少なくともいまは動物を救う以上に情熱を注げる対象があるとは思えなかった。

思えない以上、天野を不幸にするだけだ。

「乗り込む前に、ケーキを頼んでもいいですか？」

不意に、天野が伺いを立ててきた。

「いいわよ。スイーツ好きだったら、我慢しなくてよかったのに」

「いいえ、甘いものはあまり得意じゃないんです」

「え？　じゃあ、どうして？」

「よく、言うじゃないですか。甘いものを食べていると、みんな、幸せな気分になれるって。でも、気が変わりました。もう、ケーキは食べなくていいから、ワンコの敵を倒しに行きましょう」

天野は言うと、伝票を素早く取り席を立った。

「あ、私が誘ったんだから、ここは払うわよ」

「いいえ、僕が払います。だって、今日は彼氏役でしょう？　だったら、デート代は男が払うものですよ」

天野が微笑み、レジに向かった。

席を立ち、璃々は天野のあとに続いた。

「それから……」

不意に足を止めた天野が振り返った。

「ケーキを頼まなかったのは、いま、この瞬間も僕が幸せだからです」

すっきりとした笑顔で言うと、天野がふたたび足を踏み出した。

3

「赤坂サカス」の近くに建つコンクリート打ちっぱなしの外壁……「セレブケンネル」は、場所柄、芸能人やテレビ局関係者の常連が多いペットショップだった。

ケンネルとなっているが、ホームページの情報によれば犬だけではなく猫も売っていた。

通常のペットショップより値段も高めに設定し、故《ゆえ》に、姿態に少しでも欠点があるとショーケージから下げるらしい。

璃々は天野の手を握った。

「え……」

驚いたように、天野が眼を見開いた。

「私達、カップルでしょ？　行くわよ」

璃々はウインクすると、ドアを開けた。

「いらっしゃいませ」

グレイのパンツスーツ姿の女性が、満面の笑みで璃々と天野を出迎えた。

約二十坪ほどのゆったりとした空間、白大理石張りの床、天使ふうの翼の生えた子犬、子猫の絵が描かれた壁、金メッキのケージ……「セレブケンネル」は、ペットショップと呼ぶには煌《きら》びやかな装飾に満ちていた。

入り口付近には、屈強な身体をスーツに包んだ厳《いか》めしい顔の男性が鋭い視線を店内に巡らせていた。

盗難防止のための警備員に違いない。

計算外だった。

天野でも、警察官と明かさずにあの警備員を押さえるのは難しいかもしれない。

社長は留守なのだろうか？

警備員がいるので、社長は不在のほうがやりやすかった。

「わたくし、ガイドの西川《にしかわ》と申します。ご希望は犬と猫、どちらでしょうか？」

パンツスーツの女性……西川が、営業スマイルで話しかけてきた。

「ワンちゃんを飼おうと思っているんですが犬種はまだ決めてなくて、フィーリングの合う子はいないかな、と思って。ね？」

璃々は彼氏の天野を見上げた。

「はい……うん、そうだね。フィーリングは大事だから」

ぎこちないタメ語で、天野が答えた。

「ここ数年のトレンドはミックスです。彼氏さん、こちらのチワックスはいかがですか？」

西川が、上段のケージの右端で立ち止まり優雅に右手で案内した。

「チワックス？」

「はい。人気ランキングトップスリー常連の、チワワとミニチュアダックスフンドの夢のコラボです」

西川が、犬をアクセサリーのように扱っているのが彼女の説明でわかった。

「五万五千円ですか？　思ったより、お安いんですね」

天野が言った。

「いえ、五十五万円でございます」

すかさず、作り笑顔で西川が訂正した。

「五十五万円⁉」

天野が素頓狂な声で繰り返した。

「はい。この子の父犬はミニチュアダックスフンドですが、ＪＫＣチャンピオンなのです」

「ジャパンケネルクラブのチャンピオンですね」

璃々は口を挟んだ。

ジャパンケネルクラブとは、日本における犬の品種の認定および犬種標準の指定、ドッグショーの開催、血統書の発行、公認トリマー、公認ハンドラー、公認訓練士の資格試験の実施と資格発行などを行っている一般社団法人だ。

「彼女さんは、お詳しいですね。母犬のチワワはチャンピオンではなく、ミックスということもありお値段もお手頃になっております」

「九十万！」

天野が、隣のケージを指差し大声を張り上げた。

「こちらのトイプードルの父犬はインターナショナルチャンピオンです。母犬がやはりチャンピオンではないので、このお値段で提供させて頂いております」

「インターナショナルチャンピオンって、凄いんです……凄いの？」

天野が訊ねてきた。

「日本のチャンピオンがさっき言ったJKCチャンピオンで、簡単に言えば世界中のチャンピオンが集まった中から選ばれた犬がインターナショナルチャンピオンよ」

璃々が言うと、西川が相変わらずの営業スマイルで拍手した。

「犬のことに詳しい彼女さんには、このワンちゃんがお勧めです」

西川が反対側の壁に埋め込まれたケージに移動した。

「このミニチュアシュナウザーは、父犬と母犬がともにインターナショナルチャンピオンで……」

「お話し中に、すみません」

左側上段のケージの犬の紹介を始めた西川を、璃々は遮った。

「いかがなさいました？」

「私達、もっと大きなワンちゃんがいいんです」

璃々は、脳内に浮かぶシナリオ通りの言葉を口にした。

「もっと大きな……ああ、小型犬ではなく中型犬ですね？　それなら、こちらのゴールデンレトリーバーちゃんなどいかがでしょう？」

西川が、思いついたように胸前で手を叩いた。

「いえ、そういう意味ではなくて、生後二ヵ月前後の子犬ではなく四ヵ月以上経った子はいないんですか？」

「生後四ヵ月以上経った子ですか？」

璃々が切り出すと、西川が怪訝な顔で繰り返した。

「ええ。私達共働きなので、ワクチンが終わって身体も大きく丈夫なワンちゃんのほうが助かるんです。値段は別に、生後二ヵ月くらいの子と同じでも構いません。でも、そんな子はいそうもないですね」

ケージに視線を巡らせた璃々は、残念そうな表情で言った。

「あ、そういうことですね！　ご安心ください！　ちょうど今朝、到着したばかりのワンちゃんが数頭、奥の部屋にいるんです。もしかしたら、お望みの条件に合った子がいるかもしれませんので、ちょっと見てきますね！」

客になるとわかった途端、西川の瞳が輝き声が弾んだ。

璃々は、西川と警備員にわからないように天野に目配せした。

「よかったら、私も一緒に見てもいいですか？　自分の眼で、パートナーを選びたいんです」

「ご、ごめんなさい。できればそうしたいんですが、ご希望の生後四ヵ月以上の子がいるかわかりませんし、それに、到着したばかりなので身体を清潔にしなければお客様の前に出せないんです」

もっともらしい言葉を並べ、西川が懸命に取り繕った。

「そうですよね。わかりました。どのくらいかかりますか？　時間によっては、そのへんでお茶でも飲んできますから」

「三十分もあれば、お見せできると思います」

「わかりました。では、また、三十分後に出直してきます。じゃあ、行こう」

璃々は、西川に言うと天野の腕を取り店を出た。

☆

「やっぱり、通報は本当ね」

「セレブケンネル」から三十メートルほど離れた雑居ビルのエントランスに入ると、璃々は天野に言った。

「そのようですね。このあと、どうするんですか？」

「まずは、生後四ヵ月以上の犬が出てくるかが問題ね。出てきたら、通報が真実か否かわかるわ」

「今日到着したというのが、本当の可能性はありませんかね？」

天野が不安げに訊ねてきた。

「ありえないわね。そもそも、犬の血統や姿態にあれだけこだわる店が生後四ヵ月を超えた犬を仕入れるとは思えないわ。それに、いくら慌ててシャンプーできれいにしても、栄養状態は眼や歯茎に表れるから」

璃々は断言した。

勘というよりも、確信があった。

「じゃあ、立ち入り検査をするんですね？」

「そういうことになるわ。警備員がいたのが誤算だけど、大丈夫？」

「頼りなく見えても、警察官ですから。それに、社長は不在なようですし。必ず、北川さんがバックヤードに行けるようにしますので任せてください！」

天野が、右の掌で胸を叩いて見せた。

「頼りないなんて思ってないわ。ありがとう。私にとってラブ君は、最高に心強いバディよ」

心の底からの言葉だった。

涼太を巻き込めない以上、意志を貫くために一人で戦う覚悟を決めていた。

天野の存在は、いまの璃々には百人力だ。

「『セレブケンネル』から虐待されている子達を救うために、どんなことがあっても現行犯で証拠を押さえてみせるわ」

璃々は天野に宣言するとともに、自らにも誓った。

☆

「お帰りなさいませ」

「セレブケンネル」のドアを開けると、さっきはいなかったスーツ姿の男性と西川が笑顔で出迎えた。男性は、三十代に見えた。

「私、当店の代表で関谷《せきや》と申します」

男性……関谷が名刺を差し出した。

柔和に下がった目尻、きれいに櫛《くし》の入った七三分けの髪、色白で細面《ほそおもて》の顔、紺《こん》のスーツにストライプのネクタイ……第一印象は、好感の持てる青年実業家という感じだ。

——あんなにいい人はいない、あんなに動物好きな人はいない、無償の愛に溢れた人だ、マザー・テレサの生まれ変わりのような人だ……オーナーと接する人はみな、口を揃えて称賛します。でも、オーナーには悍ましい裏の顔があります。


不意に、三吉智咲の言葉が脳裏に蘇った。

「この度は、『セレブケンネル』でソウルメイトを探してくださりありがとうございます」

関谷が、お腹に重ねた両手を当て恭《うやうや》しく頭を下げた。

「ソウルメイト？」

天野が訊ね返した。

「はい。世界中にこれだけの人間と犬がいる中で、飼い主と飼い犬の関係になるということは運命の出会い以外のなにものでもありません。この子達は、私達にみつけて貰うために天国から送られてきた天使ですよ」

神父のように穏やかな笑顔で、関谷が言った。

智咲が言っていた。関谷は天使と悪魔の二面性を持っている男だと。

だが、通報の内容を知らないで「セレブケンネル」を訪れ関谷に会えば、なんて動物思いの人だろうという印象を抱くに違いない。

「素敵な考えですね。私の希望したワンちゃんはいましたか？」

「お客様は、幸運の持ち主です。ちょうど、今朝到着したばかりの子がいました。連れてきてください」

関谷が言うと、西川は奥に行き、大きめの子犬を抱いて戻ってきた。

「この子は生後四ヵ月半の柴犬ちゃんです」

西川が言いながら、柴犬を正方形のサークルに入れた。

柴犬は尻尾を垂れ、ふらつく足取りでサークルの隅に行くと背中を丸めてお座りした。

「長時間の移動で、怖かったんでしょう。バンの荷台の暗闇の中、ブリーダーさんの住む千葉を出発して二時間あまり揺られてきたんですから。新しい環境に移って一週間もすれば、すぐに元気になりますよ」

関谷が、優しい眼差しで柴犬をみつめつつ言った。

慌ててシャンプーをしたのだろう、表面的な汚れは目につかないが脇腹にはうっすらと肋骨が浮いていた。

長時間の移動のせいにしているが、柴犬の様子や行動は明らかに人間にたいしての恐怖と不信感からきている。

燃え上がる怒りの炎を、璃々は懸命に鎮火した。

いまは我慢だ。

物言えぬ憐れな犬達を救うために、冷静にことを運ばなければならない。

「どうしたの？　お姉ちゃんは怖くないよ〜」

璃々は柴犬に近づき、幼児にそうするように話しかけた。

サークルの隅で身体を丸めた柴犬は、小刻みに震えていた。

「長時間移動してきたばかりの子は、いつもこうなんです。もともと柴犬ちゃんは神経質で人見知りな犬種ですから、なおさらなんですよ」

柔和な笑顔を崩さずに、物静かな声音で関谷が説明した。

彼に疑いを抱いていない状態で説明を聞いたなら、思わず信じてしまうかもしれなかった。

「そうなんですね。それを聞いて、安心しました。それより、少し、痩せてませんか？」

璃々は信じたふりをして、関谷にジャブを放った。

「はい。痩せてますね。でも、ご心配には及びません。親犬や一緒にいた仲間達のもとから離され、知らない環境にきたばかりの子犬は食欲が落ち、一時的に体重が減ることは珍しくありません。新しい環境に慣れて飼い主さんとの信頼関係が築ければ、食欲が出て体重も増えてゆきますよ」

否定も惚けることもせず、いったん受け入れた上でもっともらしい理由を並べて疑念を解いてゆく関谷の話術はたいしたものだ。

「この子、おいくらですか？」

璃々は、次のステップに移るために訊ねた。

柴犬の様子だけでも、三吉智咲の通報がガセネタでないことはほぼ証明された。

だが、まだ、十分ではなかった。

「本来は五十万円ですが、生後四ヵ月ということもあり特別に四十万円にさせて頂きます」

関谷が、恩着せがましく言った。

「よん……」

璃々は、さりげなく天野の手を握り力を入れた。

「十万円も安くしてくださるんですか!?」

璃々は、声を弾ませた。

もともと処分する予定の犬だから、璃々が値引き交渉すれば五万円でもノーとは言わないはずだ。

だが、璃々の目的はそこではない。

四十万円が四百万円だろうと、関谷に話を合わせるつもりだった。

「私達は、お金儲《もう》け目的でこの仕事をやっているのではありません。一匹でも多くの子達が素晴らしいパートナーと出会って、幸せな犬生や猫生を送ってほしいというのが切なる願いです」

関谷が、慈愛に満ちた瞳で璃々をみつめた。

犬や猫の幸せを願うと口にする裏で、ろくに餌も与えずに処分する男……関谷は二面性のある悪魔なのだろう。

「オーナーさんみたいな素晴らしい人と出会えて、この店のワンちゃん猫ちゃんは幸せですね」

心にもないことを口にする男に、璃々も心にもないことを口にした。

「いえ、私は当然のことをしているだけです」

関谷が謙遜してみせた。

彼と接して悪く言う人はいないと、三吉智咲が言う意味がわかった。

「ところで、ご相談があるんですが……この子もかわいいんですけど、本当は洋犬を飼いたいなと思っていまして。値段は四十万円より高くても大丈夫ですから……でも、生後四ヵ月以上の子犬なんて、何匹もいないですよね？　また、出直してきますから、そういうワンちゃんが入荷したら連絡を頂けますか？」

売れ残りの犬に大枚をはたく物好きな女——璃々はトラップを仕掛けた。

「因《ちな》みに、ご希望の犬種はございますか？」

関谷の瞳が輝いた。

「どうしてですか？」

「確認しなければわかりませんが、犬種によっては四ヵ月以上の子が何匹かいるかもしれませんので」

トラップにかかった――璃々は心でほくそ笑んだ。

「逆に、どんな犬種がいるか教えて貰ったほうが早いかもしれませんね」

璃々は撒き餌《まえ》を投げた。

「わかりました。いま確認して参りますので、少々お待ちください。西川さん。お客様にコーヒーでもお出しして」

「あ、さっき飲んできたのでお構いなく」

「そうですか。では、なるべく急ぎます」

関谷は弾む足取りで、奥の部屋に消えた。

バックヤードに、売れ残りの犬や猫がいる――確信した。

璃々は天野に目顔で合図すると、バックヤードに足を向けた。

「あ、お客様、お手洗いはこちらになっております」

西川が、慌てて璃々を引き止めた。

「私も、どんなワンちゃんがいるか見たくて」

「困ります！」

西川が、血相を変えて璃々の行く手を遮った。

「どうしてですか？」

「ここから先は関係者以外、立ち入り禁止になっております」

「でも、僕達はワンちゃんを買うわけですから特別にお願いしますよ」

天野が西川の横をすり抜けようとすると、警備員が駆け寄ってきた。

「お客様、こちらへどうぞ」

警備員は、言葉遣いこそ丁寧だが天野の腕を摑みフロアに引き戻そうとした。

「離してください。客に、暴力を振るうんですか？」

天野が、腕を振り払おうとしたが警備員は放さなかった。

「そこを通してください」

強行突破しようとする璃々の手首を、西川が華奢《きやしや》な腕からは想像がつかないほど物凄い力で摑んだ。

「放しなさい！」

璃々は西川と揉み合った。

「あんた、なにをやってるんだ！」

鬼の形相で、警備員が璃々に突進してきた。

天野が警備員の足にタックルした。

「警察を呼びますよ！」

西川がヒステリックに叫んだ。

「呼べるものなら、呼んでみなさい！」

璃々も叫び返した。

「なんの騒ぎですか？」

フロアに、訝しげな顔の関谷が現れた。

「社長、奥の部屋を見せて頂けますか？」

璃々は、関谷に言った。

「ここから先は、関係者以外は立ち入り禁止に……」

西川と同じ言葉を口にする関谷を遮るように、璃々はＩＤ手帳を掲げて見せた。

「『東京アニマルポリス』の北川です。動物虐待の容疑で立ち入り検査をします」

「これはまた、なんの根拠があってそのようなことをおっしゃるんですか？　その前に、令状はあるのでしょうか？」

関谷は、穏やかな口調で訊ねてきた。

疚しさや動揺を微塵も顔に出さない関谷は、相当に肚《はら》の据わった男だ。

「あの柴犬ちゃんです。社長は今朝到着したばかりと言いましたが、生後四ヵ月の犬を仕入れるとは思えませんし、なによりまともな環境で飼育されていないだろうことが、栄養失調気味の身体や怯えた行動から窺えます」

「おやおや、それは北川さんの推理の範疇《はんちゅう》ですよね？」

「仕入れたと言い張るのなら、いますぐその業者の連絡先を教えてください。社長の言っていることが真実ならば、今朝、あの子を『セレブケンネル』に連れてきたと証明してくれるはずですから。さあ、早く連絡先を教えてください」

璃々は、矢継ぎ早に詰め寄った。

「話になりませんね。いくら動物が相手の警察でも、個人情報の保護ということくらいは知ってるでしょう？　第一、こんな横暴は許されませんよ」

呆れたように、関谷が肩を竦めて見せた。

「横暴ではなく、緊急逮捕です」

一か八かの賭け――璃々は躊躇《ためら》わずに言い切った。

虐待されていたと思われる柴犬の確認ができた上に、生後四ヵ月を過ぎた犬がバックヤードにいることを関谷が半ば認めたも同然だ。

血相を変えて制止しようとした西川や警備員の行動も、三吉智咲の通報がガセネタではないと証明したようなものだ。

しかし、バックヤードに踏み込んだ結果、劣悪な環境で飼育されている犬猫が……虐待されている犬猫がいるという保証はない。

それでも、ここで退《ひ》いてしまえば関谷は父親の力を使いすべてを握り潰してしまうだろう。

憐れな犬猫を救うチャンスは、いましかない。

「緊急逮捕？　証拠もないのに、そんなこと言ってもいいんですか？　私の父親は、東京都福祉保健局の部長ですよ？」

「知ってます」

璃々は、涼しい顔で言った。

「ほう、それを知っていて、こんな暴挙を働こうというのですか。私の父親が知れば、間違いなく北川さんはクビですよ。まあ、人間、過ちは誰にでもあることです。非礼な行為をきちんと詫びてくだされば、あなたの暴挙は忘れて差しあげます」

関谷が、恩着せがましく言った。

「『TAP』の職員として私のやるべきことは、虐待されていると通報の入った犬や猫の救出です。お父様に報告したければ、お好きにどうぞ。でも、その前に奥の部屋を見せて貰います」

璃々が関谷の脇を擦り抜けようとしたときに、奥から巨体のスーツ姿の男が現れた。

天野が揉み合っている警備員とは別の男だった。

「不法侵入者がいるので、お帰りになって貰いなさい」

関谷が命じると、巨体男が璃々の腕を物凄い握力で鷲掴みにして、ドアのほうへと引き摺った。

「北川さんから、手を離すんだ！」

天野が救出にこようとしていたが、警備員がしがみついて妨害《ぼうがい》していた。

璃々は懸命の抵抗も虚しく、あっという間にドアまで引き摺られた。

巨体男が片手でドアを開けた瞬間、誰かに体当たりされて尻餅をついた。

璃々も一緒に仰向《あおむ》けに倒れた。

「どうしてここにいるの⁉」

璃々は、巨体男を俯《うつぶ》せに転がし、後ろ手にした両手を革手錠で素早く拘束する涼太を見て大声で訊ねた。

「俺と先輩はバディでしょ⁉　種明かしはあとです！」

涼太は言うと、天野と二人がかりで警備員を巨体男と同じように俯せにして馬乗りになった。

「北川さん、涼太君、ここは僕に任せてバックヤードに行ってください！」

天野がベルトで警備員の両手首を縛り上げながら叫んだ。

「ラブ君、頼んだよ！　先輩、大丈夫ですか⁉」

涼太が璃々に手を差し伸べた。

「ありがとう。大丈夫！　さあ、行くわよ！」

涼太の手を取り立ち上がった璃々は、通路を遮る関谷と西川に向かって突進した。

「不法侵入で訴える……」

「終わってから、同じことを言ってくれ！」

璃々を止めようとする関谷に、涼太が肩から体当たりした。

尻餅をつく関谷を尻目に、璃々は通路の奥に走った。

「やめてください！」

「どきなさい！」

背後から抱きついてきた西川を振り払い、璃々は防音仕様と思われる分厚いスチールドアを開けた。

ドアを開けた瞬間、吠え声が一斉に聞こえた。

鼻孔《びこう》に忍び込む悪臭に、璃々は思わず掌で鼻と口を押さえた。

「嘘……」

眼前に広がる凄惨な光景に、璃々は二の句が継げなかった。

十坪ほどのスクエアな空間の中央に置かれたステンレステーブルに無造作に積み上げられたクレート、クレートの中に閉じ込められて身動きも取れない子犬と子猫達、垂れ流しの糞尿で薄汚れた被毛……助けを求めるように、子犬は吠え、子猫は鳴き続けた。

中には衰弱して、頭をもたげることもできない犬猫もいた。

ここにいる子犬や子猫は、生後四ヵ月を超えているので表で売られている三ヵ月未満の子犬に比べて身体が一回り、個体によっては二回りほど大きかった。

璃々はスマートフォンを取り出し、虐待の証拠用の動画撮影を始めた。

「許可もなしに、勝手に撮影なんてするんじゃない！」

起き上がった関谷が璃々のスマートフォンに手を伸ばした。

「続きをお願い！」

璃々はスマートフォンを涼太に投げると関谷の右手を掴み、ヒップポケットから素早く取り出した革手錠を手首にかけた。

「な……なにをするんだ⁉」

関谷が血相の変わった顔を璃々に向けた。

「動物虐待罪の現行犯で逮捕します！」

璃々は、毅然《きぜん》とした表情で言った。

「動物の警察に、逮捕権なんかあるのか⁉」

「『TAP』には逮捕権と捜査権が与えられているわ」

「たかだか動物警察如きが、僕にこんな真似をしてただで済むと思ってるのか⁉　僕の父さんは……」

「さっきも聞きましたよ。革手錠で不満なら、署に立ち寄って本物の手錠を嵌めてあげましょうか？」

話に割って入ってきた天野が警察手帳を突き出すと、関谷が驚いたように眼を見開いた。

驚いたのは、璃々も同じだった。

令状なしの家宅捜索――面倒に巻き込まないように、天野には身分を明かさないように言っていた。

「ラブ君、どうして？」

「涼太君だって保身を考えずに北川さんに協力してるのに、僕だけ卑怯者《ひきょうもの》にはなれませんよ。容疑者の身柄のほうは僕が確保しておきますので、北川さんと涼太君はこの子達を運び出してください。二人の警備員には先に身分を明かして、おとなしくして貰ってますから、邪魔はしませんので」

「ありがとう！　ラブ君の厚意に甘えるわ。涼太、水を用意して！」

璃々は関谷を天野に引き渡し、涼太に指示するとクレートの中を片っ端からチェックした。

吠えている犬や鳴いている猫は後回しにし、元気のない個体のクレートを次々と床に置いた。

璃々は、涼太から受け取ったステンレスボウルの水を、携行しているスポイトで吸い上げた。

「ほら、飲める？」

クレートの中でぐったりしたフレンチブルドッグの口角に差し入れたスポイトから、少量の水を送り込んだ。

衰弱している犬猫にいきなり大量の水を与えたら、戻したり誤嚥《ごえん》してしまい生命にかかわるのでスポイトを常備しているのだ。

「頑張って。すぐに、元気になるからね」

璃々はフレンチブルを励ましつつ、優しく背中を撫でた。

涼太も、璃々と同じように弱々しく頭をもたげるアメリカンショートヘアの口にスポイトを入れていた。

フレンチブルが、ピチャピチャと音を立て水を飲み始めた。

「えらいえらい！　その調子よ！」

懸命に生きようとするフレンチブルに、璃々は胸が熱くなった。

同時に、改めて関谷にたいしての怒りが込み上げた。

「こっちも、飲み始めました！」

隣で涼太も、声を弾ませた。

「お前らっ、こんなことして、絶対に後悔させてやる！　なにが虐待罪だ！　こっちは、金を払ってこいつらを仕入れてるんだ！　売れ残ったら損失を最小限に食い止めようとするのは当然だろうが！　製薬会社や動物病院にこいつらを売り渡してなにが悪い⁉　こんなにでかくなって商品価値がなくなった欠陥商品を、医学の進歩や別の動物を救うのに貢献させてるんだから、逮捕どころか称賛されてもいいくらいだ！」

関谷が、それまでの丁寧な言葉遣いをしていた人間とは別人のように喚き散らした。

「本性が出たわね」

璃々は言いながら、フレンチブルを抱き上げ関谷の前に歩み出た。

涼太は、次の子猫……チンチラに水をあげていた。

「あなたが言っていることは、人間のエゴに過ぎないわ！　この子達をこんなに衰弱させて、なにが医学の進歩よ！　恥を知りなさい！」

璃々は、関谷の頰を張った。

「あっ……」

天野が、びっくりした顔で璃々を見た。

「な、なにするんだ!?　父さんにも叩かれたことがないんだぞ!?」

関谷が、張られた頰を手で押さえ抗議してきた。

「この子達の痛みや苦しみは、こんなものじゃないわ！　刑務所の檻の中で、この子達の千分の一でも苦しみを体感しなさい！」

璃々は、関谷を一喝した。

「覚えてろ……父さんに言いつけてやる！　お前も、お前も、お前も、一人残らずクビにしてやるから楽しみに待ってろ！」

関谷が璃々、涼太、天野に人差し指を突きつけ捨て台詞を吐いた。

「とりあえず、車に連れて行ってくれる？　私と涼太は、この子達を運び出すから」

「わかりました。行くぞ」

天野が関谷を促し、バックヤードを出た。

「ほらっ、なにぼーっと突っ立ってるのよ！　少しでも良心が痛むなら手伝いなさい！　あなた達も、償いたいならこの子達を車に運んで！　水は、もうあげた？」

璃々は呆然と立ち尽くす西川に命じると涼太に訊ねた。

「元気のない子には全員、終わりました！」

「じゃあ、運び出すわよ！」

璃々は言い終わらないうちに、クレートを両手に提げてバックヤードを飛び出した。

4

「こ……これは……」

マジックミラー越し――「説得室」のデスクチェアでふんぞり返って座る関谷を見て、兵藤が絶句した。

兵藤、璃々、涼太、天野の四人は、「観察室」と呼ばれる「説得室」の隣のフロアに待機していた。

ここで容疑者の言動を観察し、改心が見込めるなら重罪でないかぎり解放するが、そうでなければ警察に引き渡すことになる。

　もっとも、関谷の場合は犯した罪が重く、反省の言葉を口にしたところで解放はできない。

　璃々としては、本当はすぐにでも関谷の取り調べを始めたいところだが、兵藤に捕まってしまったのだ。

「嘘だろう……夢だ……夢に決まっている」

　兵藤の下膨れの頬と握り締められた拳は震え、生白い肌からは血の気が引き、蒼褪《あおざ》めていた。

「ま、まあ、ちょっと、こ、これにはいろいろ事情がありまして……ね！　先輩？」

　涼太がしどろもどろになりながら、璃々に同意を求めてきた。

「いろいろな事情って……どんな事情があろうと、福祉保健局の部長の子息を逮捕するなんて……北川君、いったい、どういうつもりだ!?」

　兵藤が、怒髪天を衝く勢いで璃々に詰め寄った。

「部長っ、お気持ちはわかりますが、『セレブケンネル』のバックヤードに、売れ残った犬や猫がクレートに詰め込まれてろくに餌も与えられずに……」

「だからなんだ!?　私は、こんなことが関谷部長に知られたら『TAP』の存続問題に発展すると言ってるんだ！　しかも、警察官に連行させるなんて……君も君だ！　令状もないのに店に踏み込んでご子息を逮捕するだなんて、いったい、どういうつもりなんだ！」

兵藤が視線を璃々から天野に移し、怒声を浴びせた。

「お言葉ですが、現行犯ですからあたりまえです」

天野が言葉遣いこそ丁寧だが、きっぱりとした口調で言った。

「状況がわかってるのか⁉　君だって、大事になったらただじゃ済まないかもしれないんだぞ⁉　中島っ、お前もだ！　父親の耳に入って責任問題にでもなったら……」

「天野君と中島君は悪くありません。私が独断ですべてやったことですから、私が責任を取ります！　関谷社長の取り調べが終わったら、辞表を提出しますから」

璃々は、兵藤を遮り言った。

「君の辞表くらいで、ことが収まると思っているのか⁉」

兵藤が、血相を変えて璃々に人差し指を突きつけた。

「先輩は、あたりまえのことをしただけですっ。虐待されている動物を救う以上に優先することって、なんですか⁉　正しいことをして先輩が辞めなきゃならないなら、私も辞表を出します！」

涼太が、兵藤に宣言した。

「僕も、このことで北川さんが責任を問われるのであれば警察を辞めます。瀕死《ひんし》の犬猫を救出した人を救えないようでは、警察官を名乗る資格はありませんからね」

天野も、兵藤の前に歩み出て言った。

「あなた達、なにを馬鹿なことを言ってるの！　これは、私の問題で涼太やラブ君には関係のないことよ！　勝手な真似をしないで！」

璃々は、心を鬼にして二人を一喝した。

気持ちは涙が出るほどに嬉しかったが、彼らを巻き込むわけにはいかない。

「いい加減にしなさい！　いまは、学芸会をやっている場合じゃないんだ！　君達が辞表を出すのは勝手だが、これは私の首を差し出しても収まらないような大問題なんだぞ！　とにかく、関谷部長に知られる前に彼を釈放しなさい！」

兵藤が、金切り声で璃々に命じた。

「それはできません。彼は、罪を償うべきです」

璃々は即座に言い返した。

「もういい！　私が自分で……」

兵藤を遮るように、ドアがノックされた。

「失礼します！」

ドアが開き、所長付き秘書の中丸礼子《なかまるれいこ》が頭を下げた。

「皆様を、所長がお呼びです」

中丸が、淡々とした事務的な口調で言った。

「私だけじゃなく、みんな？　いったい、なんの用なんだ？」

兵藤が、怪訝な顔で訊ねた。

「関谷社長のお父様がいらっしゃるようです」

「えっ……もう、連絡したのか……」

兵藤が顔色を失った。

「おいっ、どうするんだ！　息子が逮捕されたのを知って部長が乗り込んでくるんだぞ!?　なあ!?　どうする!?　このままだと『TAP』が取り潰されるっ！　いったい、どうする気なんだ！」

取り乱した兵藤が、璃々の肩を摑み前後に揺さぶった。

「望むところです。自分の息子がなにをしたか、私の口から伝えます！」

璃々は兵藤の手を振り払い、部屋を飛び出した。

「あっ……待て！　馬鹿なことをするんじゃないっ」

追い縋る兵藤の声を振り切るように、璃々は「所長室」に駆けた。

5

「待ってたぞ。入りなさい」

ドアを開けると、窓を背にしたデスクに座る所長の織田が手招きした。

「所長、今回の件ですが、ちょっとした手違いがありまして……」

璃々を押し退《の》けた兵藤が、揉み手をしながら織田に駆け寄った。

「令状もなしに家宅捜索して、上部団体の部長の息子を逮捕したのが手違いで済むと思ってるのか？」

先に案内され、応接ソファでふんぞり返っていた関谷が、皮肉たっぷりの口調で言った。

「これはこれは関谷社長！　うちの部下が独断でとんでもないご迷惑をおかけしまして、本当に申し訳ございません！」

兵藤が関谷の前に行き、深々と頭を下げた。

「ほらっ、なにをしてる！　そんなところに突っ立ってないで、君達もこっちにきて関谷社長にたいする非礼をお詫びしなさい！」

兵藤が、ドアロに立ち尽くす璃々、涼太、天野に命じた。

「部長さんだっけ？　なにか、勘違いしてないか？　いきなり店に踏み込まれ、手錠をかけられ、ウチの犬猫を勝手に連れ出されて……いまさら詫びられても、許せるわけがないだろうが!?　お前ら、覚悟してろよっ。父さんが到着したら、どいつもこいつも一人残らずクビだ！」

関谷が目尻を吊り上げ、兵藤、璃々、涼太、天野を指差した。

「さて、クビと言えば、あんたも例外じゃない」

関谷が言いながら腰を上げ、織田のデスクに歩み寄った。

「部下の責任はトップのあんたの責任でもあるからな。だが、あんたが指示したわけではないだろうから、誠意次第ではなんとかしてやってもいい。単刀直入に言う。今回、あんたの部下のせいで僕は精神的、経済的な大ダメージを受けた。所長さんがそれに見合うだけの償いをしてくれたら、父さんに頼んで天下り先を用意してやってもいい」

織田が訊ねた。

「私が君に償いを？　因《ちな》みに、いくら用意すればいいんだ？」

「そうだな、とりあえず、片手くらい用意してくれたらあんたの部下のやったことは水に流してやってもいい」

関谷が、右の掌を広げて見せた。

「五十万か？」

「ふざけるな！　五百万に決まってるだろうが！」

「冗談だ。君みたいな最低の人間には、五百万どころか五万の価値もない」

織田が厳しい表情で関谷を見据えた。

「な、なんだと……僕にそんなことを言ったら後悔するぞ！　父さんがきたらお前を真っ先に……」

関谷を遮るように、「所長室」のドアが開いた。

「関谷様がお見えになりました」

秘書が告げると、ロマンスグレイのスーツ姿の男性がアメリカンショートヘアを抱いて現れた。

「父さん！」

まるで救世主が現れたとでもいうように、関谷が父親に駆け寄った。

「電話でも言ったけど、こいつら令状もなしに『セレブケンネル』に乗り込んできて、僕を逮捕した上にウチの犬と猫を勝手に連れ出したんだ！　息子の僕にこんな扱いをするってことは、父さんを侮辱したのも同じだからさ！　『TAP』なんて、潰しちゃってよ！」

関谷が、幼子のように父親に言いつけた。

父親が、猫を撫でながら無言で息子の話を聞いていた。

「ところで、その猫どうしたの？」

関谷が訊ねた。

「わからないのか？」

父親が訊ね返した。

「なんか、どこかで見たことがあるような……」

関谷が首を傾げ、父親の腕に抱かれる猫をみつめた。

「自分の店の猫ちゃんもわからないなんて、単なる金儲けの道具としてしか見ていない証拠だな」

「猫ちゃん……え⁉　ウチの⁉　『セレブケンネル』の猫⁉　でも、どうして父さんが⁉」

関谷が目を白黒させ、素頓狂な声を連発した。

「店のバックヤードのクレートに閉じ込められていた、売れ残りの猫ちゃんだ。『TAP』で保護されているこの子を、私が引き取ったんだ」

「あ、ああ……在庫商品……いや、でも、どうして父さんが引き取るの⁉　父さん、猫好きだったっけ⁉」

怪訝な顔で、関谷が父親に訊ねた。

「ちょっと、この子をお願いします」

父親は織田に、猫を預けた。

「言ってくれたら、もっとちゃんとした猫を用意した……」

関谷の言葉を、平手打ちの衝撃音が遮った。

「嘘っ……」

璃々は思わず声を漏らした。

涼太、天野、兵藤の三人も驚きに目を丸くしていた。

「と、父さん、どうしていきなり……」

「この、大馬鹿もんが！　衰弱していまにも死にかけている動物を前に、犬好きも猫好きもあるか！　お前は、動物に携わる仕事をしていながら、そんな気持ちで接していたのか！」

父親の怒声が関谷を遮った。

「ど、どうしたの……な、なんで、そんなに怒ってるのさ？」

関谷が頬を押さえたまま、狐につままれたような顔で父親を見た。

「まだわからんのか！　生後四ヵ月過ぎたらワンちゃんの心が変わるのか⁉　身体が大きくなったら猫ちゃんの心が変わるのか⁉」

「い、いや、でも……身体が大きくなった犬や猫が売れなくなってしまうのは、と、父さんだって知ってるだろう？」

「だからといって、クレートに閉じ込めてろくに餌も与えないのか⁉　だからといって、実験用として企業や大学病院に売るのか⁉　なんのために、動物愛護相談センターが努力している？　なんのために、保護犬保護猫の施設がある？　お前にも赤い血が流れてるのなら、こんなひどい真似はできないはずだ！」

父親が、赤く充血した涙目で関谷をどやしつけた。

「警察官がいるそうだね。この馬鹿息子を署に連行してくれ」

天野に視線を移し、父親が言った。

「父さんっ、冗談だろ⁉　息子を警察に引き渡すなんて……それ、本気じゃないよね⁉」

「息子だからこそだ！　性根を叩き直すんだ！　頼むよ」

父親に促され、天野が関谷に「ＴＡＰ」の革手錠を嵌めるとドアに向かった。

「放せっ、おいっ、放せって……父さん、頼むよ、助けてくれ！　裁かれるのはこいつらのほうだ！　父さんの力で、こいつらを……」

関谷の悪足掻《わるあが》きをする声が、ドアに遮断された。

「この度は、息子が迷惑をかけたね。親として情けないかぎりだ。私の育てかたの責任もある。申し訳ない」

関谷部長が、璃々と涼太の前で深々と頭を下げた。

「お、お父様、頭を上げてくださいっ。ウチの捜査員がご子息のお店に行き過ぎた捜査をしたのは事実ですから……」

「兵藤部長。私から頼みがあります」

父親が顔を上げ、兵藤の眼を直視した。

「なんでしょう？」

前屈みの揉み手で、兵藤が伺いを立てた。

「彼らのような、権力を恐れずに動物ファーストに徹する職員は『ＴＡＰ』の宝ですね。大事に育ててあげてください」

「もちろんですとも！　北川君と中島君は、捜査一部の黄金コンビです！　今回のお手柄についても、所長に頼んで表彰して貰おうと思っていたところです！」

兵藤が、つい数分前とは別人のように嬉々とした表情で璃々と涼太を称賛した。

「調子のいいおっさんだな……」

涼太が小声で吐き捨てた。

「聞こえるわよ」

璃々は肘《ひじ》で涼太の腕を小突いた。

「改めて、お礼を言うよ。私の息子の店に立ち入り検査をするというのは、相当な度胸が必要だったはずだ。忖度《そんたく》しなかったことに、感謝するよ」

父親が、璃々と涼太の顔を交互に見渡しつつ言った。

「いえ、私達は、感謝されるようなことはなにもしていません。私が『TAP』に入るときに誓ったのは、物言えぬ動物の叫びや訴えを逸《いち》早く察知して救出することです。その誓いを、いつまでも忘れない人間でいたいだけです」

璃々は、父親の瞳を直視した。

うんうん、と満足そうな顔で頷き、関谷部長が織田に向き直った。

「ウチの馬鹿息子が、本当にご迷惑をおかけしました。きっちりと、罪を償わせるつもりです。人生、遠回りが必要なときもありますからね。それにしても所長さんは、素晴らしい職員さん達をお持ちになり幸せですね」

織田から猫を受け取りながら、父親が言った。

「そういうふうに言って頂き、ありがとうございます。私も関谷部長の愛の鞭《むち》を見て、厳しさの中にも深い愛情を感じました。親としての在りかた、上司としての在りかた、勉強になりました」

織田は立ち上がり、笑顔で右手を差し出した。

「では、次は建設的な場面でお会いしましょう」

父親が織田の右手に右手を重ね、笑顔を返した。

「お見送りします」

「いやいや、こちらで結構です。お気遣いなく。この子達の幸せは、君達にかかっている。期待してるよ！」

父親は足を踏み出しかけた織田を制し、璃々と涼太に言い残すと踵《きびす》を返し、ドアに向かった。

俊敏な動きで兵藤が駆け出し、ドアを開けると恭《うやうや》しく頭を下げた。

璃々と涼太も、頭を下げて父親を見送った。

「お前達、悪運が強くて助かったな。でもな、二度目の奇跡は起こらないぞ」

ドアを閉めた兵藤の顔からは、それまで浮かんでいた愛想笑いが跡形もなく消えていた。

「次にもし勝手な真似をしたときは……」

「そのときは、君を降格する」

兵藤の言葉に、織田が言葉を被せた。

「えっ……所長……」

「君は、関谷部長の話を聞いてなかったのか？　権力を恐れず動物の命を優先した彼らの行動を褒めてくださったのを」

「いえ、しかしですね……」

「恥を知りなさい！　動物の命を救うのに、相手の立場や職業は関係ないんだ！」

言い訳しようとする兵藤を、織田が一喝した。

「すみません……」

兵藤が力なくうなだれた。

「最高っすね！」

声のボリュームを間違えた涼太を、弾かれたように振り返った兵藤が睨みつけた。

涼太が素知らぬ顔で横を向いた。

「北川君、中島君。いつも無鉄砲で胆《きも》を冷やされるが、君達を誇りに思うよ。たとえ関谷部長が息子を庇って激怒していたとしても、私のこの気持ちは変わらないよ」

織田が、璃々と涼太に歩み寄りながら言った。

「北川君。もしかして君は、今回、辞職を覚悟していたんじゃないのかな？」

璃々が涼太に頼んで兵藤に渡して貰おうと思っていた辞表を、織田が掲げて見せた。

「あ！　もしかして……」

璃々は涼太に顔を向けた。

「俺は、そんなに鈍くないっすから」

涼太が、白い歯を覗かせた。

「すみません。自分の行動の責任は取ろうと思っていました」

璃々は織田に視線を戻し、素直に認めた。

「君の行動の責任は、最後まで動物たちの味方でいることだ。一般人としてではなく『TAP』の職員としてだ。辞表を書く暇があったら、一頭でも多くの動物を救ってくれ。それが、君の使命だ。期待してるぞ」

「所長……」

不意に、涙腺が緩んだ。

「TAP」を辞めるつもりでいたので、自分の行動を織田に認めて貰えて嬉しかった。

「中島。これからも、先輩を支えてやってくれ。黄金コンビ、頼りにしてるぞ！」

「ありがとうございます！」

璃々と涼太は、同時に頭を下げた。

「先輩、もしかして、泣いてます？」

顔を上げた涼太が訊ねてきた。

「そんなわけないでしょ」

　璃々はシラを切った。

「いや、でも、睫毛《まつげ》が涙で濡れてますよ？」

　ニヤニヤしながら、涼太が顔を近づけてきた。

「だから、泣いてないって」

「じゃあ、なんで涙が……」

『こちら「通報室」！　文京《ぶんきょう》区音羽《おとわ》一丁目十六の六、出版社の建物内に、散歩中に逃走したシベリアンハスキーが侵入しました！　捜査一部の出動願います！　繰り返します！　文京区音羽一丁目……』

「ほら、行くわよ！」

　璃々は悪乗りして執拗に食い下がろうとする涼太の背中を平手で叩き、所長室を飛び出した。

「先輩っ、ごまかさないでください！」

　追ってくる涼太の声と足音を心地よく背中に感じつつ、璃々はエレベーターに飛び乗り地下駐車場のボタンを押した。

「ほらっ、走れ走れ！　早くこないと閉めちゃうぞ！」

　璃々の弾んだ声が、エレベーターホールに響き渡った。

初出　Ｗｅｂ「本がすき。」に、二〇一九年八月から二〇二〇年九月まで連載。
この物語はフィクションであり、実在する人物・団体等とは一切関係ありません。

二〇二〇年十月　光文社刊

光文社文庫

動《どう》物《ぶつ》警《けい》察《さつ》24時《じ》

著者　新《しん》堂《どう》冬《ふゆ》樹《き》

2024年1月20日　初版1刷発行

発行者　三宅貴久
印　刷　新藤慶昌堂
製　本　ナショナル製本

発行所　株式会社　光文社
〒112-8011　東京都文京区音羽1-16-6
電話（03）5395-8147　編集部
8116　書籍販売部
8125　業務部

ISBN978-4-334-10185-5　Printed in Japan

組版　萩原印刷

光文社文庫最新刊

陰流苗木《なえぎ》　芋洗河岸(1)	佐伯泰英
ヘーゼルの密書	上田早夕里《さゆり》
動物警察24時	新堂冬樹
あなたも人を殺すわよ	伴　一彦
真犯人の貌《かお》	前川　裕《ゆたか》
バイター	五十嵐貴久

光文社文庫最新刊

盲点　特任警部	南　英男
花菱夫妻の退魔帖　三	白川紺子《こうこ》
夜鳴きめし屋　新装版	宇江佐真理
闇の剣　部屋住み勘兵衛	鈴木英治
ひとひらの夢　日本橋牡丹堂 菓子ばなし ㈩	中島久枝
ワンダフル・ライフ	丸山正樹